Karl Olsberg

Das Dorf

Band 9:
Die Reise zum Mond

Published by Karl Olsberg
c/o Briends GmbH, 22041 Hamburg
www.karlolsberg.de

Gewidmet den Apollo 13-Astronauten
Jim Lovell, Jack Swigert und Fred Haise,
die nie auf dem Mond gelandet sind.

1. Ich bin dann mal weg

Die Morgensonne färbt den Himmel orangerot. Ein neuer Tag bricht an in dem kleinen Dorf am Rand der Schlucht. Noch hört man das vereinzelte Stöhnen der Nachtwandler in der Nähe, doch schon bald wird die Sonne sie in ihre dunklen Höhlen zurücktreiben, und diejenigen, die es nicht rechtzeitig schaffen, werden zu wandelnden Fackeln.

Primo streckt sich genüsslich. Er hat gut geschlafen und freut sich darauf, seine schimmernde Diamantrüstung anzulegen und damit durchs Dorf zu stolzieren. Als offizieller Beschützer ist er jetzt einer der wichtigsten Dorfbewohner, und das fühlt sich irgendwie gut an. Noch besser fühlt es sich allerdings an, dass er jetzt endlich mit Golina verheiratet ist! Er dreht sich auf die Seite und schließt die Augen. Nur noch ein kleines bisschen dösen ...

Paul, der Wolf, kratzt an der Tür.

„Lässudenwolfraus?“, murmelt Golina im Halbschlaf.

Primo seufzt, steht auf und legt seine Rüstung an. Paul knurrt, winselt und schnüffelt an der Tür. Vielleicht ist da draußen noch ein Nachtwandler, den er jagen will. Darin ist er inzwischen fast so gut wie Asimov, der Golem.

Als Primo die Tür öffnet, schießt Paul mit wildem Gebell hinaus. Doch es ist kein Monster, das er jagt, sondern Mina, die Katze, die gerade über den Kiesweg vor der Schmiede schleicht. Mina faucht und ergreift die Flucht, während Paul ihr kläffend nachjagt.

„Paul! Hierher!", ruft Primo.

Doch der Wolf ist nicht zu bremsen. Genau in diesem Moment öffnet sich die Tür der Bibliothek auf der anderen Straßenseite, und der alte Lausius tritt heraus. Er hat einen großen Stapel Papier in der Hand. Mina macht einen Satz auf seinen Arm, um sich vor Paul in Sicherheit zu bringen, was den Wolf dazu veranlasst, ebenfalls an dem Alten hochzuspringen.

Durch die Wucht des Anspringens wird Lausius umgeworfen. Papiere fliegen durch die Luft. Die Katze jagt miauend davon und flüchtet sich auf den Kopf von Asimov, der in diesem Moment mit schweren Schritten die Dorfstraße entlang stakst. Paul rennt laut kläffend um den Golem herum, traut sich jedoch nicht, an ihm hochzuspringen.

„Pfui! Aus! Platz!", erklingt Asimovs metallische Stimme. „Geh weg, du Untier! Und wehe, du hebst dein Bein an mir!"

Der Wolf ignoriert die Befehle und kläfft weiter. Primo läuft zu Lausius und hilft ihm, die Papiere wieder aufzusammeln.

„Kinder, ich kann so nicht arbeiten!“, stöhnt der Alte.

„Tut mir leid“, erwidert Primo. „Paul ist manchmal ein bisschen ungestüm.“

„Ich hab ja gleich gesagt, wir hätten ihn Jette in dem Dorf im fernen Osten schenken sollen“, grummelt Asimov und wirft dem Wolf einen finsteren Blick zu.

„Was ist denn jetzt schon wieder los?“, fragt Magolus, der gähnend aus der Kirche kommt. „Wie soll man denn bei diesem Krach schla…, ich meine, meditieren?“

Auch die anderen Dorfbewohner kommen jetzt aus ihren Häusern und beschweren sich über das Gebell.

„Der Wolf verscheucht mir meine Fische!“, meint Olum.

„Und meine Schafe jagt er auch immer quer über die Wiese. Die sind schon so nervös, dass ich sie kaum noch scheren kann“, meckert Jarga.

„Aber wenigstens hält er die Nachtwandler fern“, wendet Bendo ein.

„Dafür haben wir doch den Golem“, entgegnet Kaus. „Der macht jedenfalls nicht so einen Radau!“

„Ich frage mich manchmal, wie Primo das Dorf beschützen will, wenn er nicht mal seinen Wolf unter Kontrolle hat“, meint Hakun.

„PAUL, AUS!“, donnert Golinas Stimme durchs Dorf. „HIERHER, BEI FUSS!“

Augenblicklich hört der Wolf auf, zu kläffen, und läuft mit eingekniffenem Schwanz zu ihr.

„Vielleicht sollte Golina unsere Dorfbeschützerin sein“, kichert Kaus. „Die muss nur einmal brüllen, und alle Nachtwandler ergreifen die Flucht!“

Primo wirft ihm einen finsteren Blick zu, obwohl er zugeben muss, dass Kaus recht hat: Golina kann ganz schön furchterregend sein, wenn sie wütend ist. Während sich die Versammlung der Dorfbewohner allmählich wieder auflöst, hilft er dem vor sich hin murmelnden Lausius, die letzten Blätter aufzusammeln. Manche zeigen seltsame Zeichnungen, andere sind voller Zahlen, die in kleinen Kästchen angeordnet sind.

„Was bedeutet das?“, fragt er den Alten.

„Das verstehst du sowieso nicht“, murmelt dieser. „So ein Ärger! Alles durcheinander! Das dauert Stunden, die Berechnungen neu zu sortieren.“

„Was denn für Berechnungen?“, fragt Primo.

„Wenn ich einen Fehler mache, gibt es eine Katastrophe!“, erwidert Lausius, ohne auf Primos Frage einzugehen.

Primo schüttelt nur den Kopf. Der Alte ist eben ein bisschen wunderlich. Er hilft Lausius, die Blätter wieder in die Bibliothek zu tragen, die voll von Bücherstapeln und vollgekritzeltem Papier ist.

„Guten Morgen", sagt er zu Kolle, Margi und Kolles Eltern, die zusammen mit Lausius in der Bibliothek wohnen, wodurch es hier ganz schön eng ist.

„Du solltest deinen Wolf wirklich ein bisschen besser unter Kontrolle halten", meint Kolle. „Wir wollen doch nicht, dass wir bald wieder eine Diskussion darüber haben, ob Paul im Dorf bleiben darf."

„Ach was", tut Primo die Bedenken ab. „Der Wolf ist doch harmlos, und eigentlich mögen ihn alle. Ich habe gesehen, wie Hakun ihm heimlich ein Stück Hühnerbraten zugesteckt hat, und Jarga benutzt ihn sogar manchmal, um ein verirrtes Schaf zu suchen."

„Trotzdem", meint Kolle. „Es wäre gut, wenn er besser gehorchen würde. Dann könnten wir ihn vielleicht auf unser nächstes Abenteuer mitnehmen, und ..."

„Was für ein nächstes Abenteuer?", fragt Margi scharf.

„Ich meinte, äh, falls wir ... also nur theoretisch ...", stammelt Kolle, verstummt jedoch, als er ihren strengen Blick bemerkt.

Primo freut sich insgeheim, dass nicht nur er selbst es ist, der hin und wieder zurechtgewiesen wird. Andererseits ist es schon eine ganze Weile her, dass sie zur Ebene der Eistürme im fernen Osten gereist sind, und ein kleines bisschen vermisst er die Aufregung ihrer gemeinsamen Abenteuer. Seit er offiziell zum Dorfbeschützer ernannt wurde, gab es noch nicht viele Gefahren, vor denen er irgendwen hätte beschützen können. Der böse Enderman Artrax hat sich nicht wieder blicken lassen, und die Nachtwandler und Knochenmänner, die sich gelegentlich in die Nähe des Dorfs verirren, nehmen schnell Reißaus, wenn Paul oder Asimov hinter ihnen her sind. Manchmal kommt sich Primo trotz seiner schimmernden Diamantrüstung ein bisschen überflüssig vor.

Doch auch an diesem Tag passiert nichts Aufregendes mehr, und am nächsten ebenso wenig. Statt Primo ist es nun Golina, die Paul morgens vor die Tür lässt, und unter ihrem strengen Blick wagt er es nicht, die Katze zu jagen, obwohl diese mit erhobenem Schwanz an ihm vorbei stolziert, als wolle sie ihn ärgern.

Primo bringt Nano zum Unterricht bei Birta. Nachdem der hinterlistige Artrax sie in einen Nachtwandler verwandelt hatte und Ruuna sie wieder geheilt hat, ist Magolus' Gehilfin viel freundlicher geworden. Sie lächelt sogar, als sie Nano die Tür öffnet, und juckt sich an der Nase, wo ein großer blauer Punkt zu sehen ist.

Auf dem Rückweg kommt Primo gerade an der Bibliothek vorbei, als Kolle aus dem Haus tritt.

„Hast du Lausius gesehen?“, fragt sein Freund.

„Lausius? Nein. Ist er denn nicht bei euch in der Bibliothek?“

„Dann würde ich wohl nicht nach ihm fragen.“

„Wann hast du ihn denn zuletzt gesehen?“

„Gestern Abend vor dem Einschlafen.“

„Hm. Seltsam. Vielleicht wollte er bloß einen kleinen Spaziergang machen.“

„Ja, vielleicht. Aber es sieht so aus, als hätte er einen großen Stapel Papier mitgenommen, und ein paar Vorräte fehlen auch. Außerdem habe ich das hier gefunden.“ Er zeigt Primo einen Zettel, auf den in unordentlicher Schrift eine Nachricht gekritzelt wurde: *Ich bin dann mal weg.*

„Er wird schon wieder auftauchen“, meint Primo. „Du weißt doch, wie er ist.“

„Eben“, erwidert Kolle. „Er ist so zerstreut, dass ich mich nicht wundern würde, wenn er in die Schlucht gefallen ist.“

Sie sehen sich einen Moment lang erschrocken an, dann rennen sie beide los. Doch am Grund der Schlucht ist Lausius nicht, und auch nicht auf der

Wiese daneben. Sie fragen alle Dorfbewohner, doch niemand hat den Alten gesehen.

„Hat er gestern irgendwas gesagt, wo er hinwill?“, fragt Primo.

Kolle schüttelt den Kopf. „Er hat in letzter Zeit immer nur vom Mond geredet.“

Primo lacht. „Na, dorthin kann er jedenfalls nicht gegangen sein.“

Gegen Mittag ist das ganze Dorf in heller Aufregung. Obwohl Lausius oft mürrisch und gedankenverloren ist, mögen ihn alle. Selbst Birta beteiligt sich an der Suche. Primo beschließt, Ruuna und Willert zu fragen, und geht zu ihrem abgelegenen Häuschen tief im Wald. Doch die beiden haben Lausius ebenfalls nicht gesehen. Gemeinsam durchsuchen sie den Wald, doch der Alte ist wie vom Erdboden verschluckt.

Erst spätabends, als die Sterne bereits am Himmel stehen und Nachtwandler stöhnend durch die Landschaft wanken, kehrt er nach Hause zurück. Dank seiner Diamantrüstung und des Schwerts, das sein Vater für ihn geschmiedet hat, wehrt er gelegentliche Monsterangriffe mühelos ab. Golina macht ihm keine Vorwürfe. Sie sorgt sich ebenfalls um Lausius.

„Keine Angst, er ist lange genug allein in der Welt herumgereist“, versucht Primo sie zu trösten. „Er kommt schon zurecht.“

„Aber was, wenn er für immer fortgegangen ist?“

„Das glaube ich nicht.“

Doch obwohl die Dorfbewohner die Suchaktion in den nächsten Tagen ausdehnen, bleibt der Alte spurlos verschwunden. Nachdem zehn Tage vergangen sind, muss Primo einsehen, dass Golina womöglich recht hatte: Lausius hat das Dorf für immer verlassen, um irgendeiner verrückten Idee nachzujagen.

2. Geräusche in der Nacht

„Papa, hast du das gehört?“

Primo schreckt aus dem Schlaf. „Hmwas?“

Nano steht neben dem Bett. „Da war so ein Wumms.“

Primo lauscht in die Dunkelheit, doch nur das gleichmäßige Atmen von Golina neben ihm ist zu hören. „Leg dich wieder schlafen, mein Sohn“, sagt er. „Du hast das bestimmt nur geträumt.“

„Aber das war kein Traum. Ich habe es ganz genau gehört. Es hat Wumms gemacht.“

„Vielleicht war es ein Knallschleicher, der von einem Knochenmann angegriffen wurde. Das passiert manchmal, und dann explodieren sie. Ist nicht schlimm.“

„Ja, Papa. Gute Nacht.“

„Gute Nacht, mein Sohn.“

Doch es wird keine gute Nacht mehr. Primo kann nicht wieder einschlafen. Er muss an Artrax denken. Der böse Enderman hat sich lange nicht blicken lassen, doch es ist kaum vorstellbar, dass seine Wut auf die Dorfbewohner und besonders auf Primo nachgelassen hat. Was mag sein Erzfeind planen?

Ein dumpfer Knall wie aus weiter Ferne lässt ihn hochschrecken. Paul reckt den Kopf und knurrt leise.

„Hast du es diesmal gehört, Papa?“, fragt Nano.

„Ja, mein Sohn. Mach dir keine Sorgen. Es ist bestimmt nichts."

Dennoch steht Primo auf, legt so leise wie möglich seine Rüstung an und tritt mit gezogenem Schwert und in Begleitung seines Wolfs aus dem Haus. Falls Artrax erneut mit einer Armee von Knallschleichern das Dorf angreift, ist er bereit, für die Sicherheit der Dorfbewohner zu kämpfen.

Draußen ist alles ruhig. Die Sterne ziehen langsam über den Himmel, und mit ihnen ein fahler, rechteckiger Mond. Ein Nachtwandler stöhnt in der Ferne, doch kein Monster scheint sich ins Dorf zu wagen.

Primo geht zu Asimov, der wie üblich die Dorfstraße entlang patrouilliert. Mina, die Katze, faucht bei Pauls Anblick. Zum Glück ignoriert der Wolf sie und schnüffelt stattdessen am Boden.

„Hast du das auch gehört?", fragt Primo.

„Meinst du das Knirschen deiner Schritte im Kies? Das Fauchen der Katze? Das Stöhnen der Nachtwandler? Das Schnüffeln des Wolfs? Das leise Rascheln des Winds im Laub?", erwidert Asimov. „Ich höre viel, wenn die Nacht lang ist."

Wumms, erklingt von irgendwo ein dumpfer Knall. Der Boden bebt leicht. Erschrocken sieht sich Primo um, doch er kann keine Ursache erkennen.

„Das meinte ich", erklärt er.

„Ja", sagt Asimov.

„Was, ja?“

„Ja, das habe ich gehört.“

„Was war das?“, fragt Primo.

„Ein Geräusch“, stellt Asimov fest.

„Ach, wirklich?“

Primo zuckt mit den Schultern und wandert durchs Dorf, doch nirgendwo sind Anzeichen einer Gefahr zu erkennen. Trotzdem ist er beunruhigt. Er beschließt, auf den Kirchturm zu klettern, um von dort oben Ausschau zu halten. Leise öffnet er die Tür zur Kirche, um Magolus nicht zu wecken. Der Priester schnarcht laut, während Primo die Leiter hinaufklettert.

Vom Turm aus hat er einen guten Überblick über das Dorf und die umgebenden Wiesen. Er sieht einige Spinnen, die mit rot glimmenden Augen in der Nacht herumwuseln, den einen oder anderen Knochenmann und Nachtwandler und sogar einen Knallschleicher. Doch nichts deutet darauf hin, dass irgendetwas an dieser Nacht ungewöhnlich ist.

Wumms!

Primo erschrickt. Der Turm hat leicht gewackelt. Doch es ist immer noch keine Ursache für die Knallerei zu erkennen.

Paul, der unten vor der Kirchentür gewartet hat, knurrt und winselt plötzlich. Er schnüffelt am Boden, dann kratzt er mit der Pfote im Kies und fängt an, zu bellen.

„Paul, aus!“, ruft Primo vom Kirchturm herab. „Ruhe! Lass das! Pfui!“

Doch der Wolf kläfft nur noch lauter. Hastig klettert Primo die Leiter herab. Als er unten ankommt, blickt er in Magolus‘ verärgertes Gesicht.

„Was machst du hier mitten in der Nacht in meiner Kirche?“

„Ich hab ein Geräusch gehört, und da dachte ich, ich seh‘ mal nach ...“

„Wenn du dein kläffendes Vieh suchst, es ist draußen vor der Kirche!“, schimpft Magolus.

Mittlerweile hat Paul das ganze Dorf aufgeweckt. Schlaftrunkene Dorfbewohner kommen aus ihren Häusern. Erst, als Golina ihm ein scharfes Kommando gibt, hört der Wolf auf zu bellen.

„Was soll denn dieser Krach mitten in der Nacht?“, schimpft Olum. „Ich hab gerade geträumt, dass ich einen besonders dicken Fisch an der Angel hab. Und ausgerechnet in dem Moment werde ich geweckt!“

„Und ich hab geträumt, dass meine Schafe plötzlich fliegen können“, erzählt Jarga. „Immer, wenn ich sie scheren wollte, flatterten sie einfach davon. Ehrlich gesagt bin ich ganz froh, dass der Wolf mich aufgeweckt hat.“

„Kannst du Paul nicht wenigstens in der Nacht ruhig halten, Primo?“, fragt Kaus.

„Warum hat er denn nun eigentlich gebellt?“, will Hakun, der Fleischer, wissen.

„Frag ihn doch selber“, erwidert Kaus und zeigt auf Paul.

„Witzbold!“, meint Hakun.

Magolus hebt die Arme. „Geht wieder ins Bett, Leute! Ich bin sicher, Primo und Golina werden dafür sorgen, dass der Wolf jetzt ruhig ist. Das werdet ihr doch, oder?“

„Ja, natürlich“, sagt Primo schnell. „Komm, Paul!“

Doch genau in diesem Moment ertönt erneut ein dumpfer Knall. Paul fängt sofort wieder an, zu bellen.

Erschrocken rufen alle durcheinander:

„Bei Notch, was war das?“

„Knallschleicher greifen an!“

„Der böse Endermann nimmt wieder Rache an uns! Er wird das Dorf zerstören!“

„Hilfe! Rette sich, wer kann!“

„Nein, nein!“, ruft Primo. „Das ist kein Angriff. Ich versichere euch ...“

Doch niemand hört ihm zu. Alle rennen in Panik umher wie aufgescheuchte Hühner. Manche der Dorfbewohner flüchten sich in ihre Häuser, andere rennen in die Kirche. Kaus, der Bauer, klettert auf das Dach seines Hauses, wo er offenbar hofft, vor einem Knallschleicher-Angriff in Sicherheit zu sein.

Nur Primo, Golina, Nano, Kolle, Margi und Primos Vater Porgo bleiben zurück. Ratlos sehen sich die Freunde an.

„Was hat das zu bedeuten?“, fragt Golina.

Primo zuckt mit den Schultern. „Keine Ahnung. Ich war oben auf dem Kirchturm, hab aber nirgends eine Ursache für die Knallerei gesehen.“

Nano deutet auf Paul, der aufgeregt am Boden kratzt, winselt und bellt. „Der *Wumms* kam von unten, Papa“, sagt er.

„Er hat recht“, meint Margi. „Der Boden hat leicht gezittert. Irgendwas muss in der Tiefe unter uns explodiert sein.“

„Ein Knallschleicher vielleicht“, meint Porgo. „Manchmal greifen Knochenmänner sie an, und dann kann es vorkommen, dass sie explodieren.“

„Aber nicht mehrmals in einer Nacht“, widerspricht Primo.

„Es muss eine andere Ursache geben“, stimmt ihm Kolle zu. „Und ich fürchte, ich ahne, wer dahinter steckt.“

„Artrax!“, spricht Margi die Befürchtung aus. „Vielleicht will er unser Dorf aus der Tiefe angreifen.“

„Möglicherweise sprengt er da unten ein großes Loch in die Erde“, spekuliert Golina. „Er könnte unter uns eine Schlucht aufreißen und das ganze Dorf hineinstürzen lassen."

Primo denkt an die riesige, finstere Schlucht tief unter dem Dorf, die Kolle und er bereits erkundet haben. Er stellt sich vor, wie plötzlich Risse im Boden entstehen, wie sich die Häuser des Dorfs zur Seite neigen, wie aufgeschreckte Dorfbewohner in Panik durcheinander laufen, wie sich plötzlich die Erde unter ihnen auftut und sie alle in den Abgrund stürzen.

„Wir müssen ihn aufhalten!", ruft er und zieht sein Schwert.

„Du hast recht", meint Kolle. „Wenn wirklich Artrax dahinter steckt, müssen wir etwas unternehmen. Vielleicht ist es noch nicht zu spät."

„Oh nein!", stöhnt Golina. „Nicht schon wieder!"

„Aber diesmal darf ich mitkommen, Papa, ja?", fragt Nano.

„Kolle und ich gehen nachsehen", entscheidet Primo. „Wir beide kennen uns da unten aus." Das ist zwar etwas übertrieben, aber es wäre unklug, jetzt die Unsicherheit zuzugeben, die er tatsächlich empfindet. „Du kannst leider nicht mitkommen, Nano."

„Ich will aber auch den Entenmann verhauen!", heult Primos Sohn.

„Ich komme mit!", entscheidet Golina. „Ich lasse dich nicht schon wieder allein in ein Abenteuer ziehen!"

„Wenn Mama mitkommt, will ich auch mitkommen!“

„Ich schlage vor, dass Primo und Kolle allein gehen“, sagt Porgo. „Die beiden haben die meiste Erfahrung mit Artrax. Aber ihr unternehmt nichts, hört ihr? Ihr geht nur in die Höhle unter dem Dorf und seht nach, ob ihr eine Ursache für die Explosionen findet. Wenn ja, kommt ihr sofort zurück und erstattet Bericht. Wir anderen verlassen bei Sonnenaufgang das Dorf und warten auf der östlichen Wiese auf euch, für den Fall, dass Artrax tatsächlich das Dorf in den Abgrund reißen will. Versucht auf keinen Fall, mit ihm zu kämpfen! Alles, was ihr tun sollt, ist herausfinden, was los ist, und uns warnen!“

Alle stimmen zu, dass das ein guter Plan ist.

Golina umarmt Primo und küsst ihn. „Pass auf dich auf!“

„Keine Angst, ich bin jetzt schließlich der Beschützer des Dorfs, und außerdem hab ich eine Diamantrüstung!“

Golina sieht nicht beruhigt aus, aber sie nickt. „Nehmt am besten Asimov mit.“

„Das geht nicht. Der Abstieg in die Tiefenhöhle ist zu eng für ihn.“

„Das ist endlich mal eine gute Nachricht“, meint der Golem. „Da bleibt mir wenigstens planloses Herumirren in der Dunkelheit erspart.“

Golina wirft ihm einen finsteren Blick zu.

Am Horizont ist bereits ein schwacher, gelblicher Streifen zu erkennen, als Primo und Kolle den Höhleneingang am Ufer des Flusses betreten. Die Höhle unter dem Dorf ist von Fackeln erhellt. Dennoch hat Primo ein mulmiges Gefühl, als sie den Abstieg in die Tiefe beginnen.

3. Tief unter dem Dorf

Als Primo und Kolle den Schacht erreichen, der hinab zur Tiefenschlucht unterhalb der Höhle unter dem Dorf führt, bleiben sie stehen und lauschen. Das *Unngh* eines Nachtwandlers dringt von unten herauf, doch sonst ist nichts zu hören.

Primo fasst sich ein Herz und steigt als Erster hinab. Bald erreicht er die Felskante am Rand der großen Tiefenschlucht. Er zuckt zusammen und reißt sein Schwert hoch, als etwas aus der Dunkelheit auf ihn zu geschossen kommt, doch es ist nur ein harmloses Flattertier.

Wumms!

Eine Explosion hallt donnernd durch die riesige Höhle und übertönt sogar das Rauschen des Wasserfalls, der sich nicht weit entfernt in die Schlucht ergießt.

„Von wo kam das?“, fragt Kolle.

„Von dort, glaube ich.“ Primo zeigt nach rechts, in die Richtung, in der die zweite Tiefenschlucht mit dem Netherportal liegt.

„Meinst du, Artrax hat irgendwas mit dem Netherportal vor?“, fragt Kolle

Primo kann nur mit den Schultern zucken. Vorsichtig gehen sie weiter, wobei er versucht, den Blick hinab in die Tiefe zu vermeiden, damit ihm nicht schwindelig wird.

Auf einmal hört er ein Zischen, dann ein dumpfes Pock.

„Aua!", schreit Kolle hinter ihm.

Als Primo sich umdreht, steckt in der Schulter seines Freundes ein Pfeil.

„Runter!", ruft er und lässt sich zu Boden fallen. Im selben Moment zischt ein weiterer Pfeil über ihn hinweg und verfehlt nur knapp seinen Kopf. Er stammt von einem Knochenmann, der sie von der anderen Seite der Tiefenschlucht aus unter Beschuss nimmt.

Primos Freund läuft grün an. „Na, warte, dir werd ich's zeigen!" brüllt er und macht einen Schritt nach vorn.

„Kolle, nicht!", ruft Primo. Doch sein Freund ist von der Nachtwandlerwut gepackt, die ihn blind für alle Gefahren macht - auch für den Abgrund, der sich direkt vor ihm auftut.

Ehe Primo es verhindern kann, macht Kolle einen weiteren Schritt in Richtung des Knochenmanns und tritt ins Leere. In letzter Sekunde erwischt Primo noch einen Zipfel des Gewandes seines Freundes und hält ihn daran fest. Im selben Moment zischt ein weiterer Pfeil heran, doch er prallt harmlos von Primos Diamantrüstung ab.

„Schnell, komm wieder rauf!“, ruft Primo.

„Lass mich los!“, ruft Kolle. „Ich werde diesen dämlichen Knochenmann ...“

Dann erst wird ihm bewusst, in welch gefährlicher Lage er sich befindet. Rasch greift er nach der Felskante und zieht sich hoch. Bevor der Knochenmann einen weiteren Pfeil auf sie abschießen kann, rappeln sich die beiden auf und hasten den schmalen Felsgrat entlang.

„Danke!“, sagt Kolle keuchend. „Du hast mir das Leben gerettet!“

„Danke mir lieber, wenn wir heile wieder zurück im Dorf sind“, erwidert Primo.

Sie erreichen das Ende des Felsgrats. Hier führt eine Leiter in die Tiefe. So schnell wie möglich klettern sie hinab, während der Knochenmann sie weiter unter Beschuss nimmt.

Auf der Leiter können sie den Pfeilen nicht ausweichen. Als Primo am Arm getroffen wird, kann er sich nicht mehr halten und stürzt mit einem Schreckensschrei ab. Doch zum Glück vermindert seine Rüstung den Pfeilschaden, und da er sich nur noch ein paar Leitersprossen über dem Boden der Schlucht befand, wird er bei dem Sturz nicht ernsthaft verletzt wird.

Endlich können sie hinter einer Felsnische in Deckung gehen und sind vor den Pfeilen des Knochenmanns sicher. Vorsichtig entfernt Primo den Pfeil aus der Schulter seines Freundes. Die Wunde ist glücklicherweise nicht sehr tief.

„Nächstes Mal sollten wir einen Bogen mitnehmen", meint Kolle.

„Gute Idee", stimmt Primo zu. „Nur schade, dass ..."

Eine Explosion unterbricht ihn. Die ganze Schlucht erzittert unter der Wucht. Primo spürt einen Windhauch im Gesicht.

„Das kam von dort", sagt Kolle und zeigt auf den Felstunnel, der zur zweiten Tiefenschlucht führt.

Primo zieht sein Schwert und geht vorsichtig weiter. Ein Nachtwandler wankt ihnen entgegen, doch der ist mit zwei Schwertschlägen schnell erledigt.

Als sie sich dem Ende des Gangs nähern, bleibt Primo stehen. Ein seltsames, rhythmisches Geräusch erklingt aus der zweiten Tiefenschlucht am Ende des Gangs, überlagert mit metallischem Knirschen und dem Summen des Netherportals. Die Geräusche kommen Primo seltsam vertraut vor, obwohl er sich nicht erinnern kann, wo er sie schon einmal gehört hat.

„Was zum Nether geht da vor?", fragt Kolle.

„Ich habe keine Ahnung."

Sie schleichen durch den von Fackellicht nur schwach beleuchteten Felsgang bis zur Kante der zweiten Tiefenschlucht, die sich rechts von ihnen erstreckt.

„Was ... was ist denn das?“, fragt Kolle.

Primo weiß nicht, was er antworten soll. Die Höhle vor ihm erscheint viel größer, als er sie von seiner letzten Reise in den Nether in Erinnerung hat. Das Netherportal stand ursprünglich am Rand eines Lavasees, doch der ist verschwunden. Stattdessen ist der Boden der Höhle jetzt mit schwarzem Gestein bedeckt. Darauf erheben sich seltsame Gebilde – Türme und flache Bauwerke aus Metall und Glas, in denen Wasser strömt. Dazwischen stampfen mehrere Eisengolems herum, die Blöcke hin und her tragen. In der Mitte der Höhle ragt eine Pyramide aus roten Blöcken auf, die mit weißen Binden und den Buchstaben TNT markiert sind.

Wumms! Eine gewaltige Explosion erschüttert die Höhle. Ein Teil der fernen Höhlenwand stürzt ein. Golems marschieren auf die Stelle zu und sammeln weggesprengte Blöcke ein, die sie benutzen, um weitere Konstruktionen zu errichten.

„Bei Notch!“, ruft Kolle. „Golina hatte recht! Artrax hat eine Armee von Golems erschaffen, um das Dorf von unten zu zerstören. Wir müssen umkehren und die anderen warnen!“

Doch Primo schüttelt den Kopf. „Das glaube ich nicht.“ Er klettert die Leiter hinab, die einst der

Fremde angelegt hat, als er hier in der Tiefe das Netherportal errichtete.

„Spinnst du?“, ruft Kolle von oben. „Komm sofort zurück! Du hast doch gehört, was dein Vater gesagt hat: Wir sollen auf keinen Fall mit Artrax kämpfen!“

„Das hier ist nicht das Werk von Artrax“, erwidert Primo. „Ich habe so etwas Ähnliches schon einmal gesehen, in einer Höhle, die weit, weit entfernt unter einer Insel mit Pilzen lag.“

Zögernd folgt Kolle ihm die Leiter hinab. „Du ... du denkst, Lausius hat das hier geschaffen?“

Primo nickt und zeigt auf ein Schild, das am Fuß der Leiter aufgestellt ist: *Betreten der Baustelle für Unbefugte verboten!*

„Artrax würde sich wohl kaum die Mühe machen, so ein Schild aufzustellen.“

„Aber ... wenn das Lausius war, was hat er vor?“

„Das fragen wir ihn am besten selbst.“

Sie gehen vorsichtig weiter und betrachten staunend die Konstruktionen um sie herum. Es ist kaum zu glauben, dass der Alte all das in so kurzer Zeit geschaffen hat.

Als einer der Golems sie entdeckt, legt er den Steinblock ab, den er mit sich herumgetragen hat, und kommt mit raschen Schritten auf sie zu.

„Führe mich zu deinem Herrn!“, sagt Primo.

Doch der Golem antwortet nicht. Stattdessen starrt er ihn mit rot glühenden Augen an und holt mit dem Arm aus. Im nächsten Moment fliegt Primo in hohem Bogen durch die Luft. Am höchsten Punkt seiner Flugbahn fühlt er sich für einen Augenblick leicht, als würde er schweben, dann stürzt er in die Tiefe. Mit einem Platsch landet er in dem kleinen unterirdischen Bach am Eingang der Höhle.

„Was fällt dir ein, meinen Freund anzugreifen, du nutzloser Blechhaufen!", brüllt Kolle und verpasst dem Golem einen kräftigen Schlag, der diesen rückwärts gegen eine der seltsamen Apparaturen prallen lässt. Doch das ruft nur die anderen Golems auf den Plan, die nun von allen Seiten auf ihn zukommen.

„Lass uns lieber von hier verschwinden!", ruft der triefend nasse Primo, als er aus dem Bach klettert.

Kolle sieht ein, dass er selbst mit Nachtwandlerkraft gegen ein halbes Dutzend Golems keine Chance hat, und ergreift die Flucht. Gemeinsam rennen sie zurück zur Leiter. Mit knapper Not schaffen sie es, die unteren Sprossen zu erklettern, bevor die wütenden Golems sie erreichen.

„Und jetzt?", fragt Kolle, als sie die Oberkante der Schlucht erreichen.

„Jetzt machen wir, was mein Vater gesagt hat: Wir kehren zurück ins Dorf und erstatten Bericht", antwortet Primo.

4. Lausius' Plan

„Und ihr seid sicher, dass es nicht Artrax ist, der diese Apparate gebaut hat?“, fragt Porgo, als Primo und Kolle in der Schmiede Bericht erstatten.

„Nein“, antwortet Kolle, während Primo im selben Moment „Ja“ sagt.

„Nein? Ja? Also was denn nun?“, fragt Golina.

„Wir haben Lausius nicht gesehen, also können wir nicht wissen, ob wirklich er derjenige ist, der das alles gebaut hat“, sagt Kolle.

„Aber ich habe die Apparate gesehen, die er unter der Insel mit den Pilzen konstruiert hat, und die sahen ganz ähnlich aus“, widerspricht Primo. „Artrax dagegen hat bisher noch nie etwas Derartiges getan.“

„Er hat eine Armee von Schneegolems auf uns gehetzt“, erwidert Kolle. „Da könnte er ebenso gut Eisengolems bauen, die irgendwelche Apparaturen errichten. Wer weiß schon, wie ein Enderman denkt?“

„Trotzdem“, beharrt Primo. „Es ist doch kein Zufall, dass diese Geräusche aufgetreten sind, kurz nachdem Lausius verschwunden ist. Und denk an das Schild, das dort unten stand. Artrax würde uns bestimmt nicht davor warnen, die Höhle zu betreten. Er hätte uns einfach sofort angegriffen.“

„Ob es nun Lausius war oder nicht“, unterbricht Porgo, „wir müssen wissen, was das alles zu bedeuten hat. Mir gefällt das nicht, vor allem dieser große Stapel von TNT-Blöcken. Jeder von ihnen hat die Sprengkraft eines Knallschleichers. Wenn die alle gleichzeitig explodieren, wer weiß, was das für eine Wirkung hätte."

„Die Golems haben diese Blöcke benutzt, um die Höhle zu vergrößern", sagt Primo. „Lausius scheint da unten viel Platz zu brauchen, wofür auch immer."

„Vielleicht will er unter der Erde ein neues Dorf für uns bauen", spekuliert Margi. „Dort unten wären wir vor Artrax' Angriffen sicher."

„Oh ja!", ruft Nano. „Das wäre doch toll, ein Dorf in einer riesigen Höhle! Und wenn der böse Entenmann kommt, dann nehmen wir einfach diese Ententeeblöcke und sprengen ihn damit in die Luft!"

„Ich bezweifle, dass die anderen Dorfbewohner bereit wären, in eine Höhle umzuziehen", meint Golina. „Ich jedenfalls möchte nicht für den Rest meines Lebens in der finsteren Tiefe hausen, ohne Sonnenuntergänge und Sternenhimmel."

„Was auch immer Lausius bezweckt, ich mache mir Sorgen, dass es schiefgehen könnte", meint Porgo.

Primo nickt, während er sich schaudernd daran erinnert, wie die Apparaturen in der Höhle unter der Pilzinsel eine nach der anderen explodiert sind. Er konnte damals von Glück sagen, mit dem Leben davon gekommen zu sein.

„Du hast recht, Vater. Wir müssen an Mörfis Gesetz denken: Wenn etwas schiefgehen kann, dann geht es auch schief."

„Das ist ein blödes Gesetz", meint Golina.

„Aber leider ist es wahr", erwidert Porgo. „Solange Lausius da unten riesige Mengen an Sprengstoff sammelt, ist das Dorf in Gefahr."

„Und wenn es nun doch nicht Lausius ist, der die Apparaturen da unten gebaut hat?", gibt Kolle zu bedenken.

„Dann ist es umso schlimmer."

„Und was machen wir jetzt?", fragt Golina.

„Als Erstes müssen wir herausfinden, ob tatsächlich Lausius hinter allem steckt, und wenn ja, was er damit bezweckt", sagt Porgo. „Und dann müssen wir entscheiden, wie wir damit umgehen. Vielleicht können wir ihm klar machen, dass er in der Nähe des Dorfs nicht herumknallen darf. Falls er aber nicht derjenige ist, der die Apparate gebaut hat, müssen wir das Dorf aufgeben und woanders Zuflucht suchen."

„Wir könnten in mein Heimatdorf umziehen", schlägt Margi vor. „Ich bin sicher, Wumpus und die anderen werden uns ein zweites Mal aufnehmen."

„Nichts gegen deine Heimat, Margi“, erwidert Golina. „Aber ich würde gern hier in unserem Dorf bleiben.“

„Noch ist es ja nicht so weit“, meint Primo. „Ich bin ziemlich sicher, dass Lausius hinter allem steckt, auch wenn ich nicht weiß, warum. Aber wie sollen wir das herausfinden, wenn wir nicht wissen, wo er steckt?“

„Wir könnten noch einmal in die Tiefe gehen“, meint Kolle. „Vielleicht lassen uns die Golems in Ruhe, wenn wir das nächste Mal etwas vorsichtiger sind.“

„Kommt nicht infrage!“, protestieren Golina und Margi gleichzeitig.

„Lasst uns doch Asimov fragen“, schlägt Nano vor. „Der weiß alles.“

Primo sieht seinen Sohn verblüfft an. „Asimov weiß alles? Wie kommst du denn darauf?“

„Ich habe ihn schon ganz viele Sachen gefragt, und er hat mir alles erklärt“, erzählt Nano stolz. „Er hat gesagt, dass die Welt in Wirklichkeit nur ein Spiel ist und dass wir alle in einer großen Maschine sind, die die Fremden gebaut haben und die Komjuta heißt, und dass Notch…“

„Du sollst nicht alles glauben, was Asimov dir erzählt“, unterbricht ihn Golina. „Der redet oft Unsinn, weil er damals etwas zu viel von Tante Ruunas Zaubertrank abbekommen hat."

„Aber vielleicht weiß er wirklich, wo Lausius ist", meint Primo. „Er ist doch die ganze Nacht über wach. Möglicherweise hat er gesehen, wohin der Alte gegangen ist."

„Du hast recht", sagt Margi. „Wir sollten ihn fragen."

„Ja", sagt Asimov kurz darauf auf die Frage, ob er gesehen habe, wohin Lausius gegangen ist.

„Und wo ist er?", fragt Primo.

„Da hinten." Der Golem zeigt auf die Wiese nordöstlich des Dorfs, von wo der Alte in diesem Moment auf sie zu spaziert.

„Lausius!", ruft Margi und winkt ihm zu.

Nachdem der Alte den Fluss überquert hat, wird er von den Dorfbewohnern umringt und mit Fragen überhäuft:

„Wo warst du denn die ganze Zeit?"

„Warst du das, der die riesige Höhle unter dem Dorf gebaut hat?"

„Was sind das für seltsame Maschinen?"

„Darf ich auch einen von diesen Ententeeblöcken haben?"

„Nicht alle durcheinander!", mahnt Porgo. „Lasst ihn doch erstmal erzählen!"

„Ich brauche Vorräte“, sagt Lausius. „Brot, Getreidesamen für den Fall, dass dort oben etwas wächst, Milch, ein paar Äpfel, gebratenes Fleisch. Und ein Kuchen wäre auch nicht schlecht. Ich könnte mir das alles auch selbst besorgen, aber ich lasse die Baustelle nicht gern unbeaufsichtigt. Erst vor kurzem waren Unbefugte dort. Mein Sicherheitssystem scheint funktioniert zu haben, aber man kann nie wissen.“

Primo sieht den Alten verwirrt an. „Wozu brauchst du denn Vorräte?“

„Soll ich etwa unterwegs verhungern?“, gibt Lausius zurück.

„Unterwegs wohin?“, will Kolle wissen.

„Na, zum Mond natürlich!“, erklärt der Alte. „Was glaubt ihr denn wohl, wo ich hinwill?“

Die Dorfbewohner sehen sich an.

„Zum Mond, aha“, sagt Porgo. „Und wie willst du da hinkommen?“

„Mit einer Mondflugmaschine, wie denn sonst? Dachtest du, ich wollte mit den Armen flattern wie ein Huhn?“

„Diese Mondflugmaschine, die baust du da unten unter der Erde?“

„Ja.“

„Aber der Mond ist doch oben am Himmel, oder?“

„Was? Klar, wo soll er sonst sein? Hör mal, das ist jetzt alles zu kompliziert zu erklären. Also besorgt ihr mir jetzt die Vorräte oder nicht? Ich muss wieder zu meiner Baustelle. Ach ja, ich bezahle natürlich auch dafür."

Lausius legt einen großen Haufen Diamanten und Smaragde auf den Boden.

Primo schnappt nach Luft, als er die glitzernden Edelsteine sieht. „Woher hast du die?"

„Das ist nutzloser Kram", erklärt Lausius. „Meine Golems finden so etwas andauernd. Ich kann damit nichts anfangen, aber ich weiß ja, dass ihr gern mit Glitzerzeug herumspielt. Also, sind wir im Geschäft?"

Wieder sehen sich die Dorfbewohner an. „Du sollst deine Vorräte bekommen", sagt Porgo schließlich. „Aber eins möchte ich gern wissen: Wozu brauchst du all die TNT-Blöcke?"

„Das werdet ihr dann schon sehen", erwidert der Alte. „Und jetzt entschuldigt mich bitte, ich muss wieder an die Arbeit."

Er dreht sich um und stapft zurück in Richtung des Waldes.

Primo und die anderen sehen sich verdutzt an.

Porgo sammelt die Edelsteine vom Boden auf. „Ich nehme das besser an mich, bevor die anderen es sehen. Sonst gibt es bloß wieder Streit."

Kaum hat er den letzten Smaragd eingesteckt, kommen Olum, Kaus, Magolus und Birta hinzu.

„Habt ihr die Ursache für die Knallerei endlich gefunden?“, fragt der Priester.

„Ja“, erwidert Primo. „Das ist Lausius gewesen. Er arbeitet unter der Erde an einer Mondflugmaschine.“

„An einer was?“, fragt Hakun.

„Mondflugmaschine“, erklärt Olum.

„Und was soll das sein?“

„Na, damit fliegt man zum Mond, ist doch logisch!“, meint der Fischer.

„Du spinnst doch!“, sagt Hakun nur und tippt sich an den Kopf.

„Opa, darf ich auch mal mit den Glitzerdingern spielen?“, fragt Nano.

„Welche Glitzerdinger?“, fragt Hakun.

„So welche wie die, aus denen Papas Rüstung gemacht ist“, erklärt Primos Sohn. „Opa hat ganz viele davon bekommen, als ...“

„Sei still, Nano!“, schimpft Golina.

„Das ist gemein!“, mault Nano. „Nie darf ich was! Ich darf den Entenmann nicht verhauen, ich darf nicht mit Ententeeblöcken spielen, ich darf keine Glitzersteine haben, ich darf keine Hühner in der Truhe in der Kirche verstecken, ich darf keine kleinen Männchen ins Heilige Buch malen ... Ihr seid alle ganz doof!“

„Diese Glitzersteine, kann ich die mal sehen?“, fragt Hakun.

„Hör nicht auf ihn", erwidert Golina. „Der Kleine hat einfach nur eine blühende Fantasie."

„Jetzt wissen wir wenigstens, dass Lausius hinter der Knallerei steckt", meint Margi, als die Freunde zur Schmiede zurückkehren.

Porgo wirkt nachdenklich. „Ja, aber mir gefällt das immer noch nicht."

„Ach was", sagt Primo. „Lausius hat manchmal verrückte Ideen, aber er ist doch harmlos."

„Und was, wenn all das TNT da unten explodiert?", fragt Kolle.

„Dann macht es ganz doll Wumms!", meint Nano.

5. Die Mondflugmaschine

In den nächsten Tagen sind Primo, Kolle, Margi und Golina damit beschäftigt, Vorräte für Lausius zu sammeln. Zwar glauben sie nicht, dass der Alte diese tatsächlich benötigen wird. Doch immerhin hat er dafür bezahlt, und es wäre nicht fair, wenn sie ihm die bestellten Waren nicht liefern würden.

Als Golina bei Hakun ein Dutzend gebratene Hühnchen kauft und mit einem Smaragd bezahlt, macht dieser große Augen und freut sich sichtlich über das gute Geschäft. Kurz darauf breiten sich Gerüchte im Dorf aus: Primo soll angeblich einen riesigen Schatz unter der Erde gefunden haben, heißt es. Aus anderen Quellen verlautet, der alte Lausius habe eine große Menge Edelsteine in einer selbstgebauten Konstruktion hergestellt, die dabei aber explodiert sei, was das Knallen in letzter Zeit erkläre. Ein weiteres Gerücht besagt, der Fremde sei in der Gegend gewesen, und Primo habe einige Ententeeblöcke, was immer das sei, gegen eine große Menge Edelsteine eingetauscht.

Seitdem begegnen die anderen Dorfbewohner Primo und seinen Freunden mit einer Mischung aus Misstrauen, Neid und Bewunderung. Doch Primo ignoriert das einfach und vertraut darauf, dass bald wieder Normalität einkehrt. Und tatsächlich beruhigt sich die Lage nach ein paar Tagen wieder. Die Explosionen unter der Erde lassen allmählich nach und verstummen irgendwann ganz.

Doch dann kommt eines Morgens Jarga, die Schäferin, aufgeregt ins Dorf gerannt.

„Da ist ein Loch!“, ruft sie.

Sofort versammelt sich eine neugierige Schar von Dorfbewohnern um sie.

„Wo ist ein Loch?“, fragt Magolus.

Jarga zeigt in Richtung Osten. „Da, auf der großen Ebene jenseits des Flusses. Eines meiner Schafe wäre fast hineingefallen.“

„Du musst eben besser aufpassen, Jarga“, meint Hakun. „Du weißt doch, dass die östliche Ebene voller Bodenunebenheiten und Löcher ist.“

„Natürlich weiß ich das“, erwidert die Schäferin. „Ich kenne die Ebene besser als jeder andere. Aber dieses Loch war vorher noch nicht da.“

„Das sehen wir uns besser mal an“, meint Primo.

Kurz darauf macht sich eine Gruppe von Dorfbewohnern, angeführt von Jarga, auf den Weg. Nicht weit vom Dorf entfernt finden sie tatsächlich einen fünf mal fünf Blöcke großen Schacht, der senkrecht hinab in die Dunkelheit führt.

„Seht ihr?“, sagt Jarga. „Das war gestern noch nicht da.“

„Dahinter steckt bestimmt Lausius“, meint Golina.

„Wohinter stecke ich?“

Alle drehen sich überrascht um. Der Alte klettert aus einem zweiten, kleineren Loch im Boden, das hinter Bäumen verborgen war, nur ein paar Schritte von dem großen Loch entfernt.

„Habt ihr meine Vorräte mitgebracht?“, fragt er.

„Äh, nein“, erwidert Primo.

„Dann geht und holt sie! Meine Mondflugmaschine ist startbereit.“

„Was für eine Mondflugmaschine?“, fragt Jarga.

„Na die, die ich in den letzten Tagen gebaut habe“, sagt der Alte. „Du stehst genau vor ihr.“

Die Schäferin starrt verwirrt auf das Loch im Boden. „Das da soll eine Mondflugmaschine sein? Für mich sieht es aus wie ein Loch.“

„Klar ist da ein Loch. Wie soll die Maschine denn sonst starten?“

Die Dorfbewohner sehen sich an. Magolus tippt sich an die Stirn.

„Was ist jetzt mit meinen Vorräten?“, fragt Lausius.

„Wir haben alles beisammen, worum du gebeten hast“, sagt Primo.

„Worauf wartet ihr dann noch? Bringt die Sachen her!“

Die Dorfbewohner kehren zum Dorf zurück.

„Der Alte ist jetzt endgültig verrückt geworden", meint Jarga.

„Vollkommen plemplem", stimmt ihr Hakun zu.

„Ich fürchte, sie haben recht", meint Porgo. „Lausius scheint völlig den Verstand verloren zu haben."

„Sollten wir uns dann nicht um ihn kümmern?", fragt Golina.

„Ach was, er kommt schon zurecht", beruhigt sie Primo. „Lass ihn doch Löcher in den Boden graben. Wir bringen ihm seine Vorräte, dann verhungert er jedenfalls nicht. Irgendwann wird er schon wieder zur Vernunft kommen."

Golina zuckt mit den Schultern. „Wenn du meinst. Hauptsache, du gehst nicht wieder ohne mich auf irgendeine Abenteuerreise."

„Keine Sorge", sagt Primo. „Ich bringe bloß eine Kiste mit Vorräten zur östlichen Ebene. Was soll da schon passieren?"

„Am besten lasst ihr Asimov die Kiste tragen", meint Porgo. „Sie ist ziemlich schwer."

Sie zerren die große Kiste aus dem Haus, wo der Golem sie mühelos anhebt.

„Ich bin sicher, das hat alles einen tieferen Sinn", grummelt er, „auch wenn mir wieder mal keiner erklärt, warum ich hier Kisten durch die Gegend schleppe."

„Darf ich mitkommen?“, fragt Nano, als Primo mit dem Golem zum Flussufer stapft.

„Nein, du bleibst hier!“, sagt Golina. „Sonst fällst du mir noch in das Loch!“

„Aber ich will mit Papa und Asimov gehen!“, mault der Kleine.

„Lass ihn doch mitkommen“, meint Primo. „Ich passe schon auf ihn auf.“

Golina wirft ihm einen skeptischen Blick zu, doch dann nickt sie. „Na gut. Aber seid rechtzeitig zum Mittagessen wieder zuhause!“

„Na klar“, sagt Primo.

Paul, der Wolf, begleitet Primo, Nano und Asimov auf dem Weg zu dem Loch im Boden.

„Da seid ihr ja endlich“, sagt Lausius. „Wird auch Zeit! Die Startvorbereitungen laufen schon.“ Er wirft einen Blick auf den Wolf und kratzt sich am Kopf. „Hm ... Vielleicht sollte ich die Konstruktion erstmal mit einem Tier testen ...“

Paul hebt den Kopf und sieht den Alten erschrocken an. Er klemmt den Schwanz zwischen die Beine und winselt.

Sie folgen Lausius zu dem zweiten Loch, wo eine Wendeltreppe in die Tiefe führt.

„Gut, dass ihr den Golem gleich mitgebracht habt“, sagt der Alte.

„Asimov? Aber du hast dir doch eigene Golems gebaut."

„Ja, aber dieser hier scheint intelligenter zu sein als die anderen. Mit ihm könnte ich mich auf der langen Reise unterhalten. Und ich bin sicher, er wird mir auf dem Mond gute Dienste leisten."

„Klar doch", sagt Asimov. „Auf dem Mond! Wo auch sonst?"

Sie erreichen das Ende der Treppe. Ein kurzer Gang führt zu der riesigen unterirdischen Höhle, die sich tief unter ihnen erstreckt. Sie ist fast vollständig mit hunderten roter Blöcke gefüllt, die sich zu einem großen Berg auftürmen. Auf dem Gipfel dieses Berges steht ein kleines Haus aus Eisenblöcken, das ein spitzes Dach hat. Es ist fünf mal fünf Blöcke groß und befindet sich genau unter einer ebenso großen rechteckigen Öffnung in der Höhlendecke - offenbar das untere Ende des Lochs, das Jarga entdeckt hat. Eine schmale Brücke aus Holz führt zu einer Eisentür in dem Haus.

Paul schnüffelt, dann jault und winselt er.

„Bringt die Kiste da in die Raumkapsel", sagt Lausius und zeigt auf das Haus aus Eisen.

Primo geht vorsichtig über die Brücke. Neben der Eisentür ist ein Druckknopf angebracht. Als er ihn betätigt, springt die Tür auf. Er nimmt Asimov die Kiste aus der Hand und zwängt sich durch die schmale Tür ins Innere. Hinter ihm schließt sich die Öffnung von selbst.

In dem kleinen Haus ist es ziemlich eng. Glasfenster an drei Seiten lassen nur wenig Fackellicht aus der Höhle herein. Ein Ofen, eine Werkbank und ein Bett bilden die Einrichtung. Auf dem Bett liegen mehrere Papierstapel, die mit Skizzen und Zahlen vollgekritzelt sind. Über einem der Fenster hängt eine Zeichnung, auf der ein großer und ein kleiner Würfel abgebildet sind. Neben dem großen Würfel steht „Erde", der kleinere ist mit „Mond" beschriftet. Ein Pfeil zeigt von dem einen zum anderen Würfel. Daneben stehen einige Zahlen.

Primo stellt die schwere Kiste an die Wand neben das Bett. Dann drückt er den Knopf auf der Innenseite neben der Eisentür und verlässt den engen Raum so rasch wie möglich. Der Berg von TNT unter dem Haus macht ihn nervös. Er fragt sich, ob es nicht doch ein Fehler war, Nano mit hierherzubringen.

„Wie gefällt dir meine Raumkapsel?", fragt Lausius, als Primo aus der Eisentür tritt.

„Äh, sehr gemütlich."

„Darf ich auch mal rein? Darf ich auch mal rein?", ruft Nano und hüpft aufgeregt am Ende der Holzbrücke auf und ab.

„Aber klar, mein Junge!", sagt Lausius, bevor Primo antworten kann. „Es ist wichtig, dass die Jugend so früh wie möglich ein Verständnis für moderne Technik entwickelt!"

„Juchhu!", jubelt Nano und stürmt über die Brücke auf Primo zu.

Er zwängt sich an seinem Vater vorbei, der Mühe hat, dabei nicht von der schmalen Brücke zu fallen, drückt auf den Knopf und verschwindet im Inneren. Die Tür schließt sich automatisch hinter ihm.

„Boah, ist das toll hier drin!", hört Primo die gedämpfte Stimme seines Sohnes. „Ich bin ein Mondflugmaschinenfahrer! Hurra, ich fliege zum Mond!"

„Komm wieder raus, Nano!", sagt Primo. „Wir müssen nach Hause!"

„Nur noch ein kleines bisschen, Papa!", erwidert Nano von drinnen.

„Wenn wir nicht rechtzeitig zum Mittagessen zu Hause sind, gibt es Ärger mit ...", beginnt Primo, wird jedoch von lautem Gebell und Knurren unterbrochen.

Entsetzen packt ihn, als er tief unten in der Höhle eine schwarze Gestalt entdeckt, die wie aus dem Nichts dort erschienen ist und ihn mit leuchtenden Augen anstarrt.

„So sieht man sich wieder, Sterblicher!", erklingt Artrax' heisere Stimme in seinem Kopf. „Ich habe lange darüber nachgedacht, wie ich mich an dir rächen kann, aber ich muss zugeben, ich wäre niemals selbst auf so eine gute Idee gekommen. Und das Beste ist, dass mir der Alte und seine Golems die ganze Arbeit abgenommen haben!"

„Mir machst du keine Angst, Enderman!", ruft Primo, obwohl ihm die Knie zittern.

„Ach, wirklich nicht? Das ist sehr mutig von dir, Sterblicher!" Ein heiseres Lachen ertönt. „Und nun sag deinem Sohn auf Wiedersehen! Oder besser gesagt, wünsch ihm eine gute Reise, denn in dieser Welt wirst du ihn bestimmt nicht wiedersehen!"

Artrax holt eine rot glühende Fackel hervor und hält sie an einen der TNT-Blöcke, der daraufhin zu zischen beginnt. Er grinst böse und beginnt, herabzuzählen: „Zehn ... neun ... acht ..."

„Bei Notch!", brüllt Lausius. „In die Raumkapsel! Schnell!"

Primo löst sich aus seiner Starre. Er macht einen Satz nach vorn und hämmert gegen den Druckknopf. Die Eisentür springt auf.

„Ich will aber noch nicht ...", beginnt Nano, doch Primo schubst ihn beiseite und macht einen Satz ins Innere. Hinter ihm springt Paul jaulend in den engen Raum, dann zwängt sich Lausius durch die Tür, bevor sich diese zischend schließt.

Primo wirft einen letzten Blick auf Asimov, der vor der geschlossenen Tür auf der Holzbrücke steht. Dann gibt es eine gewaltige Explosion.

6. Der große Knall

Golina ist gerade damit beschäftigt, das gebratene Hühnchen fürs Mittagessen aus dem Ofen zu holen, als plötzlich das ganze Haus bebt. Ein tiefes, langgezogenes Donnern ertönt. Fenster klirren, die Tür wird wie von unsichtbarer Hand aufgestoßen und ein Windstoß fährt ihr durchs Gesicht.

Vor Schreck lässt sie das Hühnchen fallen und rennt aus dem Haus. Über der Ebene im Osten türmt sich eine riesige Wolke auf, die hoch in den Himmel reicht. Erd- und Steinblöcke regnen herab. Einer davon kracht nicht weit von ihr auf das Dach der Schmiede, doch sie nimmt es kaum wahr.

Mit aufgerissenen Augen starrt sie auf die Ebene östlich des Dorfs. Ein riesiger Krater erstreckt sich dort. Dunkler Qualm steigt daraus auf.

„Primo ...“, flüstert sie erschrocken. „Nano ... oh nein! Oh nein!“ Sie schlägt entsetzt die Hände vors Gesicht.

Margi und Kolle kommen aus der Bibliothek gerannt. „Was ist denn passiert?“, fragt Golinas Freundin. „Was war das für ein Knall?“

„Das TNT!“, antwortet Kolle. „Es ist alles explodiert! Oh, bei Notch! Der arme Primo ...“

„Sieh mal!“, ruft Margi und zeigt in den Himmel. „Was ist denn das da?“

Golina blickt in die angezeigte Richtung. Hoch am Himmel funkelt ein winziger Würfel im Sonnenlicht. Er scheint von der Explosion emporgeschleudert worden zu sein.

Sie kneift die Augen zusammen. „Ich … ich glaube, das ist ein Haus!“

„Ein fliegendes Haus?“, fragt Kolle verdutzt. Dann wird ihm klar, was das bedeutet. „Natürlich! Die Mondflugmaschine! Lausius hat immer wieder davon geredet, aber ich hätte nie gedacht … Jetzt verstehe ich, was er vorhatte!“

Ein winziger Hoffnungsfunke keimt in Golina auf. „Was hatte er denn vor?“, fragt sie.

„Er wollte sich selbst auf den Mond schießen“, erklärt Kolle. „Wenn ein Knallschleicher explodiert, dann fliegen doch meistens Erd- und Steinblöcke durch die Luft. Nun stell dir vor, tausend Knallschleicher explodieren gleichzeitig. Vielleicht reicht dann die Wucht der Explosion, um ein ganzes Haus in den Himmel zu schießen!“

„Aber … wo sind Primo und Nano?“, fragt Golina.

Kolle runzelt die Stirn. „Wenn sie nicht bei der Explosion umgekommen sind, dann … dann müssen sie in der Mondflugmaschine sein!“

Golina stemmt die Arme in die Hüfte. „Das sieht Primo ähnlich!“, schimpft sie. „Fliegt einfach auf den Mond, ohne mir Bescheid zu sagen! Und dann nimmt er auch noch Nano mit. Na, der kann was erleben, wenn er nach Hause kommt!“

„Falls er nach Hause kommt“, murmelt Margi.

7. Im Weltraum

Primo öffnet die Augen. Sein Kopf dröhnt. Er spürt ein unangenehmes Kribbeln im Bauch und hat das Gefühl, in einen unendlich tiefen Abgrund zu fallen.

Neben ihm schwebt Nano und winkt ihm zu.

„Guck mal, Papa! Ich fliege!“, ruft sein Sohn fröhlich. Er dreht sich langsam um die eigene Achse, während ein Stapel Papier träge an ihm vorbei gleitet.

Primos Blick fällt auf Lausius, der an der Decke zu hängen scheint, obwohl dort seltsamerweise auch das Bett ist. Die Augen des Alten sind geschlossen. Daneben schwebt der Wolf kopfüber in der Luft, alle Viere von sich gestreckt, und winselt.

Primo kneift die Augen zusammen. Das muss ein Traum sein! Oder ist er etwa schon tot?

Doch als er die Augen wieder öffnet, schwebt Nano immer noch neben ihm. Er blickt an sich herab und sieht, dass auch seine eigenen Füße nicht den Boden berühren. Und er erkennt, dass dieser Boden in Wirklichkeit die Decke ist und er kopfüber in dem engen Raum hängt.

Er macht eine ungeschickte Bewegung, um sich umzudrehen, stößt dabei mit dem Fuß gegen eines der kleinen Glasfenster und bekommt einen Schwung, der ihn gegen die andere Wand prallen lässt, wo er sich den ohnehin schon schmerzenden Kopf stößt.

Mit einiger Mühe gelingt es ihm, sich aufzurichten, so dass das Bett wieder unten ist. Sorgsam darauf bedacht, keine falsche Bewegung zu machen, zieht er sich zu dem Bett, auf dem der Alte liegt.

„Lausius!“, ruft Primo. „Lausius, geht es dir gut?“

Keine Reaktion.

Erst, als Primo den Alten an der Schulter rüttelt, schlägt dieser die Augen auf.

„Hmmwas? Schnell, in die Raumkapsel ...“

Nach einem Moment scheint er zu begreifen, dass er sich bereits im Inneren seiner Konstruktion befindet. Er betrachtet eines der bekritzelten Papierblätter, das vor ihm in der Luft schwebt, und ein breites Grinsen erscheint auf seinem Gesicht.

„Es hat geklappt!“, ruft er aus. „Hurra! Es hat geklappt! Ich fliege zum Mond!“

Er richtet sich abrupt auf, was dazu führt, dass er vom Bett abhebt und kopfüber durch den Raum trudelt, wobei er sich um die eigene Achse dreht.

„He! Anhalten!“, ruft er. „Mir wird schwindelig!“

Primo fasst ihn am Arm, so dass Lausius aufhört, sich um sich selbst zu drehen.

„Ist das nicht großartig?“, fragt der Alte. „Wir werden die ersten Menschen sein, die auf dem Mond spazieren gehen!“

„Ja, wirklich toll", meint Primo. „Aber dann fliegen wir so schnell es geht wieder nach Hause, ja?"

Lausius sieht Primo mit hochgezogenen Augenbrauen an. „Nach Hause? Was meinst du damit?"

„Na, was soll ich schon damit meinen? Wir müssen so schnell wie möglich zum Dorf zurück. Golina wartet bestimmt schon mit dem Mittagessen auf uns."

„Aber ... aber das geht nicht!", sagt Lausius. „Es gibt keinen Weg zurück."

Primo erschrickt. „Was?"

„Meine Mondflugmaschine kann uns zum Mond befördern, aber es gibt keine Möglichkeit, von dort zurückzukehren. Tut mir leid."

„Aber ... aber wie wolltest du denn dann wieder nach Hause kommen?"

„Das wollte ich gar nicht. Ich bin schon alt. Ich dachte mir, dieses Abenteuer gönne ich mir noch, und wenn ich dabei sterbe, ist es nicht schlimm. Deshalb habe ich auch nichts gesagt, als ich gegangen bin – ich wollte nicht, dass es eine große Abschiedsszene gibt oder ihr gar versucht, mich von meiner letzten Reise abzuhalten. Aber dann ist mir eingefallen, dass ich den Proviant vergessen hatte, und ..."

„Heißt das ... heißt das etwa, wir werden alle auf dem Mond sterben?", unterbricht ihn Primo.

Lausius nickt. „Ja. Aber keine Angst, auch, wenn ich den Proviant nicht für so viele Weltraumreisende berechnet habe, reicht er für eine ganze Weile. Wir werden genug Gelegenheit haben, die einmalige Aussicht zu genießen, bevor wir verhungern."

Primo versucht, diese Aussage zu verdauen. Er wird den Rest seines Lebens auf dem Mond verbringen. Schlimmer noch, auch Nano wird nie nach Hause zurückkehren!

Doch dann fällt ihm etwas ein: „Na ja, vielleicht treffen wir den Mond ja gar nicht."

Lausius wird bleich. „Du hast recht, das wäre gut möglich. Dieser blöde Enderman hat mir die ganze Startplanung durcheinander gebracht."

„Dann landen wir also wieder auf der Erde?", fragt Primo.

Lausius schüttelt den Kopf. „Wir haben das Gravitationsfeld der Erde längst verlassen, das merkt man ja daran, dass wir schwerelos sind. Wenn wir den Mond verpassen, fliegen wir für immer durch den Weltraum."

„Guck mal, Papa!", sagt Nano und zeigt auf eines der Fenster. „Da ist Asimov!"

Primo guckt hinaus. Tatsächlich, in ein paar Schritten Entfernung schwebt der Golem neben der Raumkapsel vor einem Nachthimmel, der mit Sternen übersät ist. Er sieht nicht besonders glücklich aus.

„Sieh mal an", meint Lausius. „Die Explosion muss ihn mit uns ins Weltall geschleudert haben. Ich hätte nicht gedacht, dass er das unbeschadet übersteht. Er scheint doch recht robust zu sein."

„Wo ist denn eigentlich der Mond?", fragt Primo. „Ich kann ihn nirgends sehen."

„Wir fliegen genau darauf zu, deshalb siehst du ihn nicht", erklärt Lausius. „Hm. Ich hätte ein Fenster in den Boden der Raumkapsel einbauen sollen, dann könnten wir jetzt die Erde von oben sehen. Aber das können wir ja immer noch, wenn wir erst auf dem Mond gelandet sind."

„Meinst du, wir können von dort auch unser Dorf sehen?", fragt Primo.

„Das glaube ich kaum."

„Aber wir können doch auch vom Dorf aus den Mond sehen."

„Ja, schon. Aber der Mond ist riesengroß. Er sieht nur so klein aus, weil er so weit weg ist. Viel zu weit, um von da aus Einzelheiten auf der Erde zu erkennen."

„Schade", sagt Primo traurig. „Ich hatte gehofft, Golina wenigstens noch einmal zuwinken zu können."

„Guck mal, Papa, was ich kann!", ruft Nano und schlägt einen Purzelbaum in der Luft. „Wenn ich das Mama erzähle!"

Primo nickt und versucht, seine Trauer zu überspielen. Diesmal hat ihn der Enderman wohl endgültig besiegt. Er wird auf dem Mond sterben, fern von seinem Heimatdorf und seiner geliebten Golina. Aber es hat keinen Sinn, seinem Sohn während der letzten Tage seines Lebens den Spaß zu verderben.

„Pass nur auf, dass du dir nicht den Kopf stößt!“, sagt er.

„Apropos Kopf stoßen, wir sollten uns vielleicht auf die Landung vorbereiten“, meint Lausius. „Es könnte etwas holprig werden, wenn wir auf dem Mond aufschlagen. Ich weiß nicht genau, wie lange wir schon unterwegs sind, weil wir ja bewusstlos waren, und die Uhr, die ich eigentlich mitnehmen wollte, liegt noch in meiner Werkstatt. Also ist es am besten, wenn wir ...“

Es gibt einen gewaltigen Ruck, begleitet von einem platschenden Geräusch. Primo wird an die Decke der Raumkapsel geschleudert und stößt sich heftig den Kopf. Dann wird es dunkel um ihn.

8. Nur ein kleiner Schritt ...

Etwas Warmes, Nasses wischt immer wieder über Primos Gesicht. Er stöhnt. Bunte Lichter tanzen vor seinen Augen, und sein Kopf fühlt sich an, als hätte sein Vater ihn mit dem Schmiedehammer bearbeitet.

Er schlägt die Augen auf und erblickt den Wolf, der ihm mit seiner Zunge übers Gesicht schlabbert. Als er versucht, sich aufzusetzen, stellt er fest, dass er unter dem Bett eingeklemmt ist, auf dem Lausius und Nano liegen. Es ist wohl nur seiner stabilen Diamantrüstung zu verdanken, dass er beim Aufprall nicht zerquetscht wurde.

Nur mit großer Mühe gelingt es ihm, unter dem Bett hervorzukriechen und sich aufzurichten. Das Innere der Mondflugmaschine ist ein einziges Durcheinander. Bei dem Aufprall ist die Proviantkiste aufgeplatzt. Brote, gebratene Hühnchen, Äpfel und Schweineschnitzel liegen überall herum, während auf dem Boden, der früher einmal die Decke der Raumkapsel war, eine große Milchpfütze schwappt. Ein paar Knochen verraten, dass Paul mindestens zwei gebratene Hühnchen aufgefressen hat, während Primo bewusstlos war.

Er beugt sich über seinen Sohn. „Nano? Nano, kannst du mich hören?“

Erleichterung durchflutet ihn, als Nano die Augen aufschlägt.

„Das hat aber gerumst, Papa! Sind wir schon da? Sind wir auf dem Mond?"

„Ich glaube, ja."

Ein Ächzen ist zu hören, als auch Lausius wieder zu Bewusstsein kommt. „Das ... das ging schneller, als ich dachte", sagt er. „Oh je, wie sieht es denn hier aus? Ich hätte die Kiste wohl besser befestigen müssen ..."

„Hauptsache, wir leben noch", sagt Primo. Doch dann fällt ihm ein, dass es keine Möglichkeit gibt, nach Hause zurückzukehren, und er wünscht sich beinahe, er wäre bei dem Aufprall gestorben.

Lausius rappelt sich auf und sieht aus dem Fenster. „Sieh mal an, ich hätte nicht gedacht, dass es auf dem Mond Wasser gibt."

Primo bahnt sich einen Weg durch das Durcheinander und blickt ebenfalls hinaus. Die Raumkapsel ist offenbar in einem kleinen Fluss aufgeprallt, sonst wäre der Schaden womöglich noch größer gewesen. Das Wasser steht bis zur Mitte des Fensters. Am Ufer kann man seltsame Felstürme aus bunt gestreiftem Gestein erkennen.

Ohne lange zu überlegen, drückt Primo auf den Knopf neben der Tür.

„Halt, nicht ...“, ruft Lausius, doch es ist zu spät. Ein gewaltiger Wasserschwall strömt in die Raumkapsel. Paul jault auf. Primo, Nano und Lausius prusten und japsen, während sie im Wasser strampeln.

„Äh, Entschuldigung“, sagt Primo, als der Wasserstrom endlich nachlässt und die Mondflugmaschine zur Hälfte vollgelaufen ist.

„Großartig!“, erwidert Lausius. „Du hast unsere einzige Behausung in dieser fremden Welt unter Wasser gesetzt und unsere Atemluft entweichen lassen! Ohne Sauerstoff werden wir elendig ersticken ...“ Er stutzt. „Moment mal, ich kann reden, also kann ich auch noch atmen. Wer hätte das gedacht: Der Mond hat eine Atmosphäre!“

Primo, der wieder mal kein Wort von dem versteht, was Lausius brabbelt, klettert aus der überfluteten Raumkapsel und betritt das Ufer des Mondflusses. Er sieht sich in der fremdartigen Landschaft um. Die zerklüfteten, bunten Felsen, die auf der anderen Seite des Flusses aufragen, sind beeindruckend und wunderschön. Dazwischen wachsen dürre Sträucher, die ihn an Wüstengewächse auf der Erde erinnern.

Als Nächster springt Paul aus der Kapsel, klettert an Land und schüttelt sich das Wasser aus dem Fell. Dann folgen sein Sohn und zuletzt Lausius.

„Hier sieht es aber toll aus!“, ruft Nano.

Primo hört plötzlich ein gedämpftes, langgezogenes Stöhnen, das ihm vertraut vorkommt.

„Ist der Mond eigentlich bewohnt?", fragt er.

„Woher soll ich das wissen?", gibt der Alte zurück. „Ich war noch nie hier!"

„Sieh mal, da hinten ist Asimov!", ruft Nano und rennt am Flussufer entlang.

Ein paar Dutzend Blöcke entfernt steckt der Golem kopfüber im roten Sand, mit dem die Mondoberfläche bedeckt ist. Primo und Lausius ziehen ihn ächzend heraus.

Die roten Augen flackern ein paar Mal, dann dreht Asimov den Kopf hin und her. „Wo bin ich?", fragt er.

„Auf dem Mond!", erklärt Nano.

„Das meint ihr doch nicht ernst!"

„Doch, leider", sagt Primo.

Asimov wirft ihm einen langen Blick zu, dann erklingt ein metallisches Seufzen. „Na schön, wenn ihr darauf besteht ... Hauptsache, ihr kommt nicht auf die Idee, auf dieselbe Weise wieder nach Hause zurückzukehren, wie wir hergekommen sind."

Primo sieht ihn an. „Natürlich!", ruft er aus. „Das ist es!"

„Was ist was?", fragt Lausius.

„Der Golem hat recht! Wir müssen bloß noch einmal eine riesige Höhle voller TNT bauen, genau unter der Raumkapsel. Durch die Explosion werden wir dann zur Erde zurückgeschleudert! Tolle Idee, Asimov!"

„He, Moment mal, das war nicht meine Idee!", protestiert der Golem. „Ich wollte im Gegenteil dafür plädieren, dass wir nicht noch einmal ..." Dann seufzt er. „Ach was, ist ja auch egal, ihr macht ja sowieso, was ihr wollt."

„Ich fürchte, so einfach, wie du dir das vorstellst, ist es nicht", sagt Lausius. „Ich habe nicht die Werkzeuge und Materialien, um eine Apparatur zu bauen, mit der man Creeper farmen könnte, um das nötige Schwarzpulver zu erzeugen. Und selbst wenn ich die hätte, die Maschine würde hier auf dem Mond nicht funktionieren, denn hier gibt es keine Creeper."

In diesem Moment erklingt wieder ein fernes *Unngh*. Paul knurrt.

„Bist du sicher?", fragt Primo.

Lausius sieht sich verwirrt um. „Äh, eigentlich schon."

Primo legt den Kopf in den Nacken. Vor dem blauen Himmel ziehen träge Wolken, fast wie zuhause.

„Wo ist eigentlich die Erde? Sagtest du nicht, wir hätten von hier aus einen guten Blick darauf?"

Lausius sieht ebenfalls in den Himmel. „Das ist in der Tat erstaunlich", erwidert er. „Wir müssen auf der dunklen Seite des Mondes gelandet sein."

„Auf der dunklen Seite? Aber es ist doch hell!"

„Sie heißt nur so, weil man sie von der Erde aus nicht sehen kann."

„Aha", sagt Primo und unterdrückt den Impuls, sich an die Stirn zu tippen. „Vielleicht sollten wir uns mal ein wenig umsehen."

„Gute Idee", meint Lausius. „Auch wenn der größte Teil unserer Vorräte unbrauchbar geworden ist, können wir wenigstens unsere letzten Tage im Dienste der Wissenschaft verbringen. Schade nur, dass nie jemand unsere Aufzeichnungen finden wird."

Mit diesen Worten kritzelt er etwas auf ein Blatt Papier. Als Primo ihm über die Schulter blickt, kann er die krakelige Schrift des Alten lesen:

Tag 1: Projekt Apollo trotz Sabotage durch Enderman ein voller Erfolg. Haben dunkle Seite des Mondes betreten. Nur ein kleiner Schritt für einen Dorfbewohner, doch ein großer Schritt für die Menschheit! Atmosphäre und Wasser entgegen meinen Erwartungen vorhanden. Boden sandig, karge Vegetation, bisher keine Anzeichen für Lebewesen. Vorräte größtenteils durch Unachtsamkeit eines Besatzungsmitglieds vernichtet. Unternehmen nun ersten Erkundungsgang in die Umgebung.

9. Der Tunnel

„Wir sollten auf den Berg dort steigen und uns zuerst einen Überblick über die Umgebung verschaffen“, beschließt Lausius.

Sie erklimmen einen steilen Felshang, der ähnlich bunte Streifen aufweist wie die steilen Felstürme auf der anderen Seite des Flusses. Von oben hat man einen atemberaubenden Blick über die zerklüftete Mondlandschaft. Nur die halb im Wasser versunkene Mondflugmaschine stört die raue, urtümliche Schönheit – ein Fremdkörper aus einer anderen Welt. Primo bleibt stehen und genießt die Aussicht. Ein Stich geht durch sein Herz, als er an Golina denkt, die er nie wiedersehen wird. Wie gerne würde er diesen Anblick mit ihr teilen!

„Guck mal, da unten!“, ruft Nano. „Das sieht aus wie ein Stück von unserer Kreisbahn! Darf ich mit der Kreisbahn fahren, Papa? Bitte, bitte?“

Lausius macht ein ernstes Gesicht. „Ich fürchte, der Junge hat Halluzinationen. Vielleicht gibt es in der Mondatmosphäre Gase, die den Geist verwirren. Wir hätten vielleicht doch in der Raumkapsel bleiben sollen.“

„Nein“, widerspricht Primo. „Nano hat recht! Sieh doch mal!“ Er zeigt auf das runde Tal, das sich rechts von ihnen erstreckt. Dort glitzert etwas Metallisches im Sonnenlicht.

„Potzdonner! Ein Artefakt von Außerirdischen!“, ruft Lausius begeistert. „Das müssen wir unbedingt erforschen!“

„Außerirdische?“, fragt Primo mit einem mulmigen Gefühl, doch Lausius stürmt bereits den Hang hinab. Primo und Nano folgen ihm, während Asimov murrend hinterherklettert.

„Berg rauf, Berg wieder runter. Bin gespannt, was denen als Nächstes einfällt“, grummelt der Golem.

Bei dem Objekt, das Nano gesehen hat, handelt es sich tatsächlich um ein Stück einer Schiene, genau wie die, aus denen die Kreisbahn gebaut wurde. Mindestens ebenso rätselhaft sind die Holzkonstruktionen, die auf zwei Seiten in die Berghänge gebaut wurden und die Eingänge zu unterirdischen Tunneln bilden. Über einem davon hängt sogar eine brennende Fackel!

„Also ist der Mond doch bewohnt!“, folgert Primo.

„Wir können es zum gegenwärtigen Zeitpunkt nicht ausschließen“, stimmt Lausius zu. „Allerdings ist es auch möglich, dass die Außerirdischen vor langer Zeit hier gelandet sind und diese Artefakte zurückgelassen haben. Inzwischen sind sie vielleicht längst wieder zu ihrem Heimatplaneten zurückgekehrt.“

„Du meinst, mit einer Mondflugmaschine? So wie wir?“

„So ähnlich.“

Neue Hoffnung erfüllt Primo. „Wenn die Außerirdischen wieder nach Hause fliegen konnten, dann können wir das auch!“

„Wir sollten diese Tunnel erforschen“, meint Lausius. „Vielleicht finden wir Reste der fortschrittlichen Technologie der Außerirdischen. Das wäre ein großer Durchbruch für die Wissenschaft!“

Primo nähert sich mit gezogenem Schwert dem Eingang des Tunnels, über dem die Fackel brennt. Doch dieser endet nur ein paar Schritte hinter dem hölzernen Eingangsportal in einer Felswand. Enttäuscht kehrt er um.

„Da geht es nicht weiter.“

„Dann probieren wir es eben dort“, meint Lausius und deutet auf die Öffnung im gegenüberliegenden Berghang.

Vorsichtig nähert Primo sich dem dunklen Tunnel.

„Ich sehe mir das mal an. Ihr bleibt am besten hier!“

Paul knurrt und sträubt sein Nackenfell, doch er folgt Primo in die Dunkelheit. Dieser entzündet eine Fackel, in deren flackerndem Licht Spinnweben an den Wänden aufleuchten. Gleichzeitig erklingt aus der Tiefe des Bergs deutlich ein dumpfes *Unngh,* das von Paul mit einem Knurren beantwortet wird. Auf dem Mond gibt es definitiv Monster!

Nach ein paar Schritten erreicht er eine Abzweigung. Er wirft einen letzten Blick zurück zum Ende des Tunnels, wo Asimov, Nano und Lausius auf ihn warten, bevor er sich nach links wendet. Paul winselt leise. Er scheint sich hier nicht wohlzufühlen, doch er folgt tapfer seinem Herrn.

Der Gang wird nach ein paar Schritten breiter, wobei die rechte Hälfte einen Block tiefer verläuft. Die Luft riecht nach altem Holz und Staub. Spinnweben hängen überall. Als Primo nicht aufpasst, bleibt er an einem davon kleben und hat Mühe, sich wieder loszureißen.

Ein *Unngh* erklingt von weiter vorn, begleitet von einem Zischen. Paul knurrt leise. Primo umfasst sein Schwert fester, doch er setzt den Weg fort.

Als er zwischen zwei breiten Säulen aus Holz hindurch tritt, erklingt erneut ein Stöhnen. Aus einem Gang links wankt ein Nachtwandler auf ihn zu. Doch bevor Primo das Schwert schwingen kann, springt der Wolf bereits das Monster an. Im nächsten Moment ertönt von oben ein Zischen, und ein achtbeiniges Ungetüm mit glühend roten Augen springt auf Primo herab. Es ähnelt den Riesenspinnen, die in den Wäldern um das Dorf herumstreichen, ist jedoch etwas kleiner und hat einen bläulich schimmernden Körper.

Primo hackt mit dem Schwert nach dem Angreifer, doch die Spinne ist erstaunlich flink und weicht seinen Angriffen geschickt aus. Währenddessen hört er hinter sich Stöhnen und wütendes Knurren, als Paul und der Nachtwandler miteinander kämpfen.

Endlich gelingt es ihm, der Spinne mit einem gezielten Schwertstreich den Garaus zu machen. Auch Paul hat seinen Gegner inzwischen besiegt.

„Braver Wolf!", lobt Primo. „Fein gemacht!" Er tätschelt den Wolf, der vor Stolz mit dem Schwanz wedelt.

Der Gang, aus dem der Nachtwandler kam, endet nach ein paar Schritten in einer Sackgasse. Primo kehrt zurück und wendet sich in die Gegenrichtung. Dort entdeckt er einen breiten, länglichen Raum. Auf dem roten Steinboden sind hier und da Reste von Schienen zu erkennen, so als sei hier früher einmal eine Lorenbahn gefahren. Doch offenbar sind die Außerirdischen, die diese Tunnel gegraben haben, schon lange nicht mehr hier gewesen.

Neugierig folgt Primo den Schienen bis zum Ende des langgestreckten Raums. Dort zweigt ein weiterer Gang nach rechts ab. Als er mit der Fackel hineinleuchtet, sieht er etwas, das sein Herz vor Freude hüpfen lässt: Ein grünes Monster mit einem mürrischen Gesicht trippelt lautlos auf vier Stummelbeinchen auf ihn zu.

„Juchhu! Ein Knallschleicher!" Vor Freude läuft er auf das Monster zu und umarmt es jubelnd. „Ein Knallschleicher! Es gibt Knallschleicher auf dem Mond! Wir können wieder zur Erde zurückkehren! Ich werde ..."

Er stockt, als ihm bewusst wird, was er da tut: Er tanzt mit einem Monster herum! Erschrocken blickt er in das grüne Gesicht des Knallschleichers. Doch der Mund, dessen Winkel normalerweise zornig herabgezogen sind, zeigt ein Lächeln. Offenbar freut sich das Monster über die Umarmung!

Vielleicht sind die Mondknallschleicher harmlos und explodieren gar nicht. Aber das wäre schlecht, denn dann könnte Lausius keinen Sprengstoff aus ihnen herstellen.

Primo lächelt ebenfalls. „Nichts für ungut!", sagt er und lässt den Knallschleicher los.

Als er die Umarmung beendet, setzt das Monster sofort wieder ein mürrisches Gesicht auf und beginnt, sich aufzublähen und zu zischen. Primo kann gerade noch einen Sprung nach hinten machen, bevor es mit einem lauten Knall explodiert. Paul jault erschrocken auf und rennt mit eingekniffenem Schwanz in Panik davon.

„Paul!", ruft Primo ihm nach. „Paul, bleib hier!"

Doch der Wolf ist bereits in der Dunkelheit verschwunden.

Primo folgt ihm in einen dunklen Gang. „Paul!“, ruft er. „Paul, bei Fuß!“

Weiter vorn hört er ein Jaulen und Winseln. Er gelangt an eine Abzweigung und bleibt stehen. Ist der Wolf in den Gang nach rechts abgeboben oder geradeaus weitergelaufen?

„Paul?“, ruft er.

Das Jaulen und Winseln ertönt erneut, doch Primo kann nicht genau sagen, aus welcher Richtung es kommt. Er entschließt sich, geradeaus weiterzugehen. Bald kommt er an eine weitere Abzweigung und nimmt wiederum den Weg, aus dem Pauls Winseln zu kommen scheint. Doch je tiefer er in die uralten Tunnel vordringt, desto schwächer werden die Laute des Wolfs, bis er sie gar nicht mehr hören kann.

Primo wird klar, dass er in die Irre gelaufen ist. Er beschließt, zu dem Raum zurückzukehren, in dem der Knallschleicher explodiert ist, und es von dort aus noch einmal zu versuchen. Doch an der nächsten Abzweigung ist er sich nicht mehr sicher, aus welcher Richtung er gekommen ist. Aufs Geratewohl nimmt er einen Weg und gelangt bald an eine weitere Kreuzung. War er zuvor schon einmal hier?

Mit steigendem Entsetzen erkennt Primo, dass er sich immer tiefer in dem endlosen Gewirr der Tunnel verirrt. Der ganze Mond scheint damit durchzogen zu sein. Womöglich wird er nie wieder herausfinden!

Als er an eine weitere Abzweigung kommt, entdeckt er in einem Tunnel rechts eine alte Lore mit einer Kiste. Darin findet er einen Stapel Schienen, einige Stücke Kohle, etwas steinhartes Brot, ein paar fremdartige Samenkörner und einen goldenen Apfel. Haben die Außerirdischen diese Dinge hier zurückgelassen?

Er steckt das Brot, die Samenkörner und den Apfel ein. Jedenfalls wird er nicht so bald verhungern. Doch das bessert seine Lage kaum. Während er versucht, aus den Tunneln herauszufinden, lässt er seine Frustration an zwei Nachtwandlern, einem Knochenmann und einer Mondspinne aus, die das Pech haben, seinen Weg zu kreuzen. Dem Ausgang bringt ihn das allerdings auch nicht näher.

Wie lange er nun schon tief unter der Mondoberfläche herumirrt, weiß Primo nicht, als er plötzlich von fern ein klägliches Winseln hört, gefolgt von einem wütenden Knurren und Zischen.

Primo beschleunigt seine Schritte und folgt dem Geräusch. Diesmal scheint er sich Paul zu nähern, denn das Knurren und Zischen wird lauter.

Endlich erreicht er einen Raum, der fast vollständig mit Spinnweben bedeckt ist. Paul hat sich hoffnungslos darin verstrickt und wird von mehreren

Spinnen attackiert. In der Mitte des Raums ist ein brennender Käfig zu sehen, in dem eine kleine Spinne um ihre Achse rotiert.

„Lasst meinen Wolf in Ruhe, ihr blöden Viecher!“, ruft Primo und stürzt sich auf die Spinnen.

Bald ist auch er in die Spinnweben verstrickt, so dass es immer schwieriger wird, sein Schwert zu schwingen. Er kann nicht verhindern, dass er von einer der Spinnen gebissen wird, doch es gelingt ihm schließlich mit der Kraft der Verzweiflung, die Monster zu töten. Mit dem Schwert durchtrennt er die Spinnweben und befreit sich und Paul daraus. Keinen Augenblick zu früh, denn auf einmal erscheint auf dem brennenden Käfig eine neue Spinne.

Diesmal gelingt es Paul und Primo mit vereinten Kräften, der Spinne den Garaus zu machen. Bevor weitere Monster auftauchen, flüchten sie aus dem Spinnennest.

Doch dann wird Primo plötzlich schwindelig. Seine Glieder fühlen sich bleischwer an und er sackt zu Boden. Da er ohnehin nicht weiß, in welche Richtung er gehen soll, kann er ebenso gut einfach hier sitzen bleiben. Nur einen Augenblick ausruhen, ist sein letzter Gedanke, bevor ihn die Erschöpfung übermannt und er das Bewusstsein verliert.

10. Erkenntnisse im Mondschein

„Wuff!“, macht Paul. „Wuff, wau, wuff wuff!“ Seine raue Zunge schlabbert über Primos Gesicht.

„Lass mich in Ruhe“, sagt Primo müde. „Ich will jetzt nicht mit dir spielen.“

Doch der Wolf lässt nicht locker. Er bellt und zerrt an Primos Robe, bis dieser die Augen aufschlägt.

Erschrocken setzt er sich auf. Er ist nicht im Haus seines Vaters, sondern in einer dunklen Höhle! Nur langsam kommen die Erinnerungen wieder zurück: Die Explosion, der Flug durch den Weltraum, der Tunnel ...

„Nano!“, murmelt er „Lausius! Wir müssen zu ihnen!“

„Wuff!“, macht Paul wie zur Bestätigung.

Mühsam rappelt sich Primo auf. Ihm ist übel, und der Tunnel scheint sich um ihn zu drehen, so dass es noch schwieriger ist, die Richtung zu bestimmen. Wie ist er hierhergekommen? Wie soll er jemals wieder hier herausfinden? Er weiß es nicht.

Paul läuft ein Stück vor, dreht sich um und bellt auffordernd. Primo wankt auf ihn zu, träge wie ein Nachtwandler. Was ist nur mit ihm los? Etwas ist in ihm, das ihn schwächt. Vielleicht liegt es an dem Biss der Mondspinne?

Wenn doch bloß Ruuna hier wäre, sie könnte ihm einen Heiltrank brauen. Doch die Hexe ist weit, weit entfernt auf der Erde, in ihrer Hütte im Wald nahe dem gemütlichen kleinen Dorf, nach dem sich Primo jetzt so sehr zurücksehnt wie noch nie zuvor, und das doch so unerreichbar ist.

Als er Paul erreicht, leckt dieser seine Hand und läuft wieder ein Stück den Gang entlang, bevor er stehen bleibt und Primo erwartungsvoll ansieht.

Offenbar will der Wolf, dass er ihm folgt. Wohin noch gleich? Ach ja, nach draußen. Ob Paul tatsächlich den Weg aus den Tunneln finden kann? Einen Versuch ist es wert, denn Wölfe haben gute Spürnasen. Außerdem hat Primo ohnehin keine Ahnung, wo er ist, also kann er ebenso gut hinter Paul herlaufen.

Sie wandern durch düstere Gänge. In seinem geschwächten Zustand hätte er Schwierigkeiten, selbst mit einem gewöhnlichen Nachtwandler fertig zu werden, doch zum Glück bleiben sie unbehelligt. Nur einmal zischt ein Pfeil aus einem dunklen Gang heran und verfehlt Primo nur knapp. Mit wütendem Gebell rennt Paul in den Gang. Kurz darauf kehrt er mit einem großen Knochen im Maul zurück. Primo hat nicht einmal die Kraft, ihn für diese Heldentat zu loben.

Jeder Schritt fällt ihm schwer. Es ist, als würde er immer noch an den Spinnweben kleben, die ihn im

Tunnel festhalten wollen. Mehr als einmal muss er anhalten und sich an der Wand abstützen, um einen Anfall von Schwindel und Übelkeit abzuwarten.

Wie lange sie schon durch die Tunnel irren, weiß er nicht, als Primo plötzlich einen Luftzug im Gesicht spürt. Paul bellt freudig und läuft voraus. Er wankt dem Wolf nach und erreicht endlich das Ende des Tunnels.

Erleichtert tritt er hinaus auf die dunkle Mondoberfläche. Die frische Luft tut ihm gut, und die Übelkeit lässt etwas nach. Tausende von Sternen prangen am Nachthimmel. Asimov steht neben dem Eingang, an derselben Stelle, wo er stand, als Primo aufbrach. Doch von Nano und Lausius ist nichts zu sehen.

„Wo ... wo sind sie?“, fragt Primo.

„Wo ist wer?“, fragt Asimov zurück.

„Nano und Lausius.“

„Der Aufenthaltsort von Nano und Lausius ist mir nicht bekannt“, erklärt der Golem.

„Was ist passiert?“

„Ich musste eine Kiste zu einem Haus aus Blech schleppen, das irgendein Genie auf einem riesigen Haufen von Sprengstoff gebaut hat. Logischerweise ist der Haufen explodiert, als ich gerade obendrauf stand. Ich wurde in den Weltraum katapultiert und ...“

„Ich meinte, was ist passiert, während ich in dem Tunnel war?“

„Wir standen hier eine Weile sinnlos in der Gegend rum. Dann kamen irgendwelche Typen auf Pferden und haben Nano und Lausius mitgenommen.“

„Moment mal, was? Was für Typen auf Pferden?“

„Ich habe sie nicht nach ihren Namen gefragt.“

„Waren das etwa Außerirdische?“

„Wie kleine grüne Männchen sahen sie jedenfalls nicht aus.“

„Wie sahen sie denn aus?“

„Na ja, ungefähr so wie du, nur dass sie Federn am Kopf hatten.“

„Federn am Kopf? So wie Hühner?“

„So ähnlich.“

„Und Nano und Lausius sind mit ihnen gegangen?“

„Ja, gezwungenermaßen.“

„Was soll das jetzt wieder heißen?“

„Unfreiwillig. Gegen ihren Willen. Unter Androhung von Waffengewalt.“

„Die Federköpfe haben sie bedroht?“

„Sie haben Pfeil und Bogen auf die beiden gerichtet. Das kann man wohl als Bedrohung ansehen. Und dann haben sie sie mit Seilen gefesselt, auf ihre Pferde gelegt und abtransportiert.“

„Und wieso hast du Nano und Lausius nicht verteidigt und die Federköpfe vertrieben?“

„Wieso hätte ich das tun sollen?“

„Was bist du nur für ein unnützer Blechhaufen!“, regt sich Primo auf. „Wozu ist denn ein Golem da, wenn nicht dazu, Dorfbewohner vor Gefahren zu beschützen?“

„Wozu ich da bin? Ich bin offensichtlich dazu da, sinnlos in der Gegend herumzulaufen, Sachen herumzuschleppen, absurde und sich gegenseitig widersprechende Befehle auszuführen, unpräzise Anweisungen falsch zu interpretieren, dabei in die Luft gesprengt zu werden und hinterher an allem schuld zu sein.“

„Erinnerst du dich noch an die drei Anweisungen, die Willert dir gegeben hat, nachdem wir dich erschaffen haben?“

„Natürlich. Ich vergesse nie etwas. Leider.“

„Und warum hast du dich nicht daran gehalten?“

„Hab ich doch.“

„Die erste Regel lautet: Du darfst kein menschliches Wesen verletzen oder durch Untätigkeit gestatten, dass einem menschlichen Wesen Schaden zugefügt wird.“

„Das ist korrekt.“

„Und wieso hast du dann durch deine Untätigkeit zugelassen, dass Nano und Lausius zu Schaden kommen?“

„Weil ich keine andere Möglichkeit hatte.“

„Aber du hättest die Federköpfe angreifen müssen!"

„Eben nicht. Die erste Regel verbietet es mir. Was kann ich denn dafür, wenn ihr mir schwachsinnige Anweisungen gebt, die sich gegenseitig ausschließen?"

Primo seufzt. Es hat keinen Sinn, mit dem Golem zu diskutieren. Er muss herausfinden, was die Außerirdischen mit Nano und Lausius gemacht haben. Was soll er nur tun?

Unngh! Ein Nachtwandler stolpert heran. Primo zieht sein Schwert, doch ehe er oder Paul das Monster bekämpfen können, hat Asimov es schon mit einem kräftigen Schlag seines langen Arms hoch in die Luft befördert. Primo sieht dem Nachtwandler nach, dessen Silhouette sich einen Moment lang vor der silbrigen Scheibe des Mondes abzeichnet, ehe er hinter einem dunklen Hügel verschwindet.

„Wieso hast du das jetzt gemacht?", fragt er verdutzt.

„Weil ich nicht untätig sein darf, wenn Gefahr droht. War das jetzt schon wieder falsch?"

„Nein. Ich meine ja bloß, weil ..."

Er stutzt, als ihm plötzlich bewusst wird, was er gerade gesehen hat. Verblüfft starrt er auf die rechteckige helle Scheibe, vor der der Nachtwandler gerade vorbeigeflogen ist.

„Da!", ruft er aus und zeigt in den Himmel. „Da ... da ist ja der Mond!"

„Was du nicht sagst", meint Asimov.

„Aber ... aber ... wenn der Mond da oben am Himmel ist ... wie können wir dann hier auf dem Mond sein?"

„Gar nicht", erklärt Asimov.

„Wo sind wir denn dann?"

„Wenn man die Wucht der Explosion, den Austrittswinkel, den Luftwiderstand und die Erdanziehungskraft berücksichtigt, dann müsste unsere aktuelle Position nach meinen Berechnungen ungefähr X minus 1.828, Y plus 67 und Z minus 4.729 betragen."

„Das heißt, wir sind noch auf der Erde?"

„Ihr habt doch nicht wirklich geglaubt, dass man, indem man einen Haufen TNT unter einem Haus aus Blech explodieren lässt, dreihundert Millionen Blöcke weit durchs All fliegen und ohne Navigationsinstrumente, Steuerdüsen und Bremssystem heile auf einem anderen Himmelskörper landen kann, oder? Die Physik dieser Würfelwelt ist zwar ein bisschen seltsam, aber so seltsam auch wieder nicht. Ihr habt Glück, dass das nicht funktioniert hat, sonst wärt ihr alle längst tot."

Primo versucht, zu begreifen, was der Golem da sagt, obwohl er nur die Hälfte verstanden hat. Er ist immer noch auf der Erde! Das erklärt jedenfalls, wieso es hier Nachtwandler, Knochenmänner und Knallschleicher gibt, auch wenn die Gegend seltsam aussieht und er noch nie etwas von Menschen mit Federköpfen gehört hat.

Hoffnung keimt in ihm auf. „Weißt du denn dann auch, wo unser Dorf ist?"

„Klar", sagt Asimov.

„Und wo ist es?"

Der Golem zeigt direkt auf die Tunnelöffnung. „Da hinten."

Primos Hoffnung fällt in sich zusammen. Offenbar ist der Golem beim Aufprall schwer beschädigt worden. „Du meinst, in dem Tunnel?"

„Natürlich nicht", korrigiert Asimov. „Hinter dem Tunnel. Ganz weit hinter dem Tunnel."

„Wie weit?"

„Ungefähr fünftausend Blöcke."

Primos Hoffnung erhält neue Nahrung. Fünftausend Blöcke sind ein weiter Weg, aber es ist nicht so weit wie die Strecke, die er bei seinem letzten Abenteuer zusammen mit Kolle zurückgelegt hat.

Jetzt muss er nur noch Lausius und Nano finden.

11. Angriff der Federköpfe

Langsam erhebt sich die Sonne über der bizarren, kargen Landschaft. Primo steht auf dem Berg über dem Eingang des Tunnels und sieht sich um. Doch von Nano, Lausius oder irgendwelchen Federköpfen ist keine Spur zu sehen.

Paul winselt leise. Er scheint Nano zu vermissen. Primo tätschelt ihm das Fell. Dann kommt ihm ein Gedanke.

„Kannst du Nano finden, Paul?“, fragt er.

„Wuff!“, macht der Wolf und sieht Primo erwartungsvoll an.

„Such Nano! Such!“

„Wuff! Wuff!“ Paul läuft umher und schnüffelt am Boden, dann rennt er den Berghang hinab in Richtung einer flachen Senke, die von dem runden Tal mit dem Tunneleingang durch einen Bergsattel getrennt ist.

„Asimov!“, ruft Primo. „Komm mal her!“

Der Golem schlurft heran. „Ja, mein Herr und Meister? Wie kann ich dir heute den Tag vermiesen?“

„In welche Richtung sind die Federköpfe mit Paul und Nano verschwunden?“

„Da lang“, sagt Asimov und zeigt in Richtung des Sonnenaufgangs - genau dorthin, wo Paul steht und Primo erwartungsvoll ansieht.

„Braver Wolf!“, sagt Primo. „Such Nano! Such!“

„Na toll, jetzt rennen wir also schon wieder diesem Köter hinterher“, kommentiert Asimov. „Das kann ja nur schlimm enden.“

Primo ignoriert die Warnung und folgt Paul, der mit wedelndem Schwanz weiterläuft, die Nase dicht über dem Boden. Sie durchqueren das Tal. Die Berge ringsum bestehen aus braunem Fels, der mit schmalen Bändern aus hellgrauem, dunkelgrauem, rötlichem und dunkelbraunem Gestein durchzogen ist, als hätte jemand die Landschaft bunt angemalt. Auf dem Boden sind vereinzelt Schienenreste zu sehen. Primo fragt sich, ob die Federköpfe sie geschaffen haben, und warum. Außerirdische, wie Lausius glaubte, waren es jedenfalls nicht.

Bald erreichen sie eine Meeresküste. Tintenfische strecken wie zur Begrüßung ihre Arme aus dem Wasser.

„Wenn der Köter will, dass wir alle baden gehen, streike ich!“, verkündet Asimov.

Doch Paul folgt schnüffelnd dem Ufer. Sie klettern über Hänge aus bunten Felsen, die steil ins Meer abfallen, und Primo kommen Zweifel, ob hier tatsächlich Federköpfe auf Pferden entlang geritten sein können. Doch der Wolf scheint zielstrebig ihrer Fährte zu folgen.

Kurz darauf erreichen sie einen schmalen Felsgrat, der wie eine Brücke eine kleine Schlucht überspannt. Ohne zu zögern läuft Paul hinüber. Primo ist froh, als er die andere Seite erreicht, ohne in die Tiefe zu stürzen. Sie folgen weiter der steilen Meeresküste, vorbei am Eingang zu einer großen Höhle, bis sie zu einer Ebene aus rötlichem Sand gelangen. Die Berge rechts von ihnen sind von Bäumen gekrönt, die beruhigend vertraut aussehen.

Als sie die Sandfläche überquert haben, erheben sich im Süden bewaldete Hügel und nördlich von ihnen steile, felsige Berge, von denen sich ein Lavafall ergießt. Dazwischen liegt ein grasbewachsener Hang, auf dem Schafe weiden.

Laut kläffend jagt Paul den Schafen nach, die blökend das Weite suchen.

„Na toll!", meint Asimov. „Dafür sind wir also hierher gelatscht, dass der Köter die heimische Tierwelt in Panik versetzen kann. Ich fang dann schon mal an, Schäfchen zu zählen."

„Paul, aus!", ruft Primo. „Hierher!"

Der Wolf bleibt stehen und sieht sich schuldbewusst zu Primo um. Mit eingekniffenem Schwanz kommt er angelaufen.

„Such Nano!"

„Wuff!", macht Paul, schnüffelt am Boden und läuft weiter Richtung Osten.

Sie überqueren einen Fluss über eine schmale Landbrücke und folgen seinem südlichen Ufer. Nach einer Weile erreichen sie eine tiefe Schlucht, die sich in südlicher Richtung erstreckt. Nur ein schmaler Landstreifen führt zwischen dem Flussufer und dem Abgrund hindurch. Danach durchqueren sie einen ausgedehnten Wald und erreichen schließlich eine Meeresküste, die sich nach Norden und Süden erstreckt.

Als die Sonne bereits untergeht, beschließt Primo, in einer Höhle am Ufer Unterschlupf zu suchen. Paul schnüffelt vorsichtig am Höhleneingang, doch er winselt nicht und sein Nackenfell bleibt glatt. Primo erforscht die Höhle, die nicht allzu tief ist, und leuchtet sie mit Fackeln aus. Während Asimov am Eingang Wache hält und vorbeikommenden Monstern den Zutritt verwehrt, schlafen Primo und Paul aneinander gekuschelt auf dem harten Felsboden.

Früh am nächsten Morgen, während noch einige Nachtwandler und Knochenmänner brennend und stöhnend herumlaufen, machen sie sich auf den Weg. Primo hat einen knurrenden Magen und versucht, etwas von dem Brot aus der Lore zu essen, doch es ist so hart, dass er sich daran fast die Zähne ausbeißt. Auch Paul scheint hungrig zu sein, denn er jagt einem Hasen nach, der am Meeresufer herumhoppelt, kommt jedoch rasch zurück, als Primo ihn ruft, und schnüffelt gehorsam am Boden, um Nanos Fährte wieder aufzunehmen.

„Du glaubst doch nicht wirklich, dass der Köter deinen Sohn findet, oder?", sagt Asimov.

„Hast du eine bessere Idee?", gibt Primo zurück.

„Wir könnten ‚Ich sehe was, was du nicht siehst' spielen. Das wäre jedenfalls lustiger, als sinnlos durch die Gegend zu laufen."

„Also gut: Ich sehe was, was du nicht siehst, und das ist ein Golem, der mir mit seinem ewigen Genörgel auf die Nerven geht."

„Ha, ich weiß es!", sagt Asimov, doch dann schweigt er.

Als sie eine große Wiese erreichen, auf der Schafe und Kühe grasen, bellt Paul plötzlich. Im nächsten Moment preschen von Norden drei Gestalten auf Pferden heran.

Primo hatte sich unter Federköpfen Wesen mit dem Körper eines Menschen und dem Kopf eines Huhns vorgestellt, doch als die Reiter näher kommen, erkennt er, dass sie aussehen wie gewöhnliche Dorfbewohner, die sich Bänder um die Stirn gewickelt haben, in denen ein oder zwei Hühnerfedern stecken. Die Reiter umzingeln Primo, Asimov und Paul, der sie böse anknurrt. Sie spannen ihre Bögen.

„Ergebt euch, Bleichgesichter!", ruft einer der Reiter.

„Blechgesicht, bitte“, korrigiert Asimov.

Dem Federkopf fällt vor Schreck fast der Bogen aus der Hand. „Der Eisenmann kann sprechen!“, ruft er erstaunt aus.

„Ja, und wir können euch auch eine Tracht Prügel verpassen, wenn ihr uns nicht sofort sagt, was ihr mit Nano und Lausius gemacht habt!“, sagt Primo und zieht sein Schwert, während Paul zur Bestätigung knurrt und die Zähne fletscht.

„Du wagst es, uns zu drohen?“, ruft der Federkopf. „Wisse, dass wir, die tapferen Krieger vom Stamm der Krähenfüße, vor nichts und niemandem Angst haben! Verschwinde von unseren Jagdgründen, oder wir werden dich mit Pfeilen durchbohren!“

„Das läuft ja wieder mal super!“, kommentiert Asimov.

„Vielleicht zeigst du den Federköpfen mal, dass sie so nicht mit uns reden dürfen!“, fordert Primo den Golem auf.

„Da muss ich dich leider enttäuschen: Gewalt ist keine Lösung“, erklärt Asimov. „Denn dummerweise verletzt jegliche Gewaltanwendung gegen Knollnasen Golemregel Nummer eins.“

„Ja, ja, schon gut!“, grummelt Primo.

„Hört mal, wir müssen uns ja nicht gleich streiten“, sagt er zu den Federköpfen. „Ich suche nur meinen Sohn und einen alten Mann. Habt ihr sie gesehen?“

„Der-mit-der-frechen-Zunge ist dein Sohn?“, gibt der Reiter zurück. „Das erklärt einiges!“

„Der-mit-der-frechen-Zunge? Was soll das heißen?“

„So hat ihn unsere Medizinfrau genannt, nachdem er sie beleidigt hat.“

Primo atmet erleichtert auf. „Also wisst ihr, wo die beiden sind?“

„Ja, das wissen wir“, erwidert der Federkopf. „Sie sind unsere Gefangenen und werden bei Vollmond der dreiköpfigen Schlange geopfert. So will es unser Gesetz.“

Primo muss sich sehr zusammennehmen, um sich nicht auf den Reiter zu stürzen und ihn vom Pferd zu reißen. Er atmet tief durch und überlegt. Die Federköpfe wissen, wo Nano und Lausius sind. Wenn er sich mit ihnen prügelt, bringt ihn das nicht weiter. Er könnte sich weiterhin auf Pauls Spürnase verlassen, aber vermutlich wird er sich dem Ort, wo die beiden gefangen gehalten werden, nicht nähern können, ohne erneut Federköpfen zu begegnen. Er hat keine Ahnung, wie viele es von ihnen gibt, doch selbst, wenn es ihm gelingt, die drei Reiter hier auf der Wiese zu besiegen, wird er wohl kaum gegen einen ganzen Stamm von ihnen kämpfen können.

Die Situation erinnert ihn ein wenig an seinen ersten Ausflug in den Nether, als Kolle und er mit den Zombie-Pigmen aneinandergeraten sind. Am Ende gab es eine friedliche Lösung des Problems. Vielleicht ist das ja auch hier möglich.

„Bringt mich zu eurem Priester“, sagt er.

„Zu unserem was?“, fragt der Federkopf.

„Na, zu dem, der mit Notch redet.“

„Notch? Was ist das?“

„Oh nein“, stöhnt Asimov. „Fangt jetzt bitte keine religiöse Grundsatzdiskussion an!“

„Wer ist das Oberhaupt eures Dorfes?“, fragt Primo.

„Unsere Medizinfrau ist die Hüterin unserer Gesetze“, erklärt der Reiter. „Sie redet mit den Geistern unserer Ahnen.“

„Dann bringt uns zu ihr.“

„Vorher musst du deine Waffe ablegen.“

„Was, damit ihr mich überwältigen und ebenfalls opfern könnt? Kommt nicht infrage!“

„Entweder, du legst deine Waffe ab, oder du stirbst im Kampf, Bleichgesicht!“

Primo sieht Asimov an. „Was denkst du?“

„Was, werde ich jetzt etwa nach meiner Meinung gefragt?“

„Ja.“

„Na gut: Ich bin der Meinung, es war eine außerordentlich schwachsinnige Idee, ein Haus in die Luft zu sprengen, nur um damit um die halbe Welt zu fliegen und in irgendeiner abgelegenen Gegend eine Bruchlandung zu bauen."

„Das hilft mir jetzt nicht weiter. Soll ich die Waffe niederlegen oder nicht?"

„Was immer ich jetzt sage, ist garantiert falsch, und ich bin dann wieder an allem schuld. Also sage ich besser gar nichts."

Primo seufzt. „Also schön. Ihr habt gewonnen." Er legt sein Schwert auf den Boden.

Die Federköpfe stoßen ein triumphierendes Geheul aus. Dann springen sie von ihren Pferden, nehmen Primos Schwert, fesseln ihn mit einem Seil aus Spinnenfäden und werfen ihn auf den Rücken eines der Pferde. Paul und der Golem trotten ihnen nach, als sie ihren Gefangenen über die Wiese Richtung Norden transportieren.

12. Die-mit-den-Geistern-spricht

Das Dorf der Federköpfe liegt nicht weit entfernt auf einer flachen Halbinsel. Holzstege führen über das Wasser. Sogar einige der Gebäude scheinen im Wasser errichtet worden zu sein, darunter auch ein Steinhaus, das Magolus' Kirche verblüffend ähnelt.

Entlang eines sandigen Weges, der durch das Dorf führt, sind Masten mit Fackeln errichtet, die nachts Monster abhalten sollen. An zwei dieser Holzpfähle sind Nano und Lausius gefesselt.

„Juchhu, Papa kommt!", ruft Nano. „Jetzt könnt ihr aber was erleben, ihr fiesen Typen! Mein Papa wird euch alle verhauen! Das tust du doch, oder, Papa?"

„Äh, später vielleicht", sagt Primo, der gefesselt über dem Rücken eines der Pferde hängt.

Die Federköpfe laden ihn ab und binden ihn an einen weiteren Fackelmast neben seinen Sohn.

„Dumm gelaufen!", kommentiert Asimov.

„Vielleicht tust du zur Abwechslung mal was Hilfreiches, statt nur dumme Sprüche zu klopfen!", fordert Primo ihn auf.

„Der-mit-dem-Blechmann-spricht möge schweigen, oder ich werde ihm die Zunge herausschneiden!", sagt einer der Federköpfe. „Ich werde jetzt die Medizinfrau holen. Sie wird entscheiden, was mit dir geschehen wird."

Kurz darauf versammelt sich eine große Gruppe von Dorfbewohnern um die drei Gefangenen, darunter auch zwei Kinder. Staunend betrachten sie Asimov, der sich vor einen weiteren Fackelmast gestellt hat, als sei er ebenfalls daran gebunden. Eine Frau gibt Paul einen großen Knochen, während Primos Magen knurrt.

Eine Dorfbewohnerin tritt vor. Primo ist zunächst erleichtert, als er sieht, dass sie den Hut und Umhang einer Hexe trägt. Doch schon bald wird klar, dass die Medizinfrau der Federköpfe nicht so freundlich ist wie Ruuna.

„Diese Bleichgesichter sind in unsere Jagdgründe eingedrungen", sagt sie, und ihre Stimme klingt ein wenig wie die von Birta. „Sie haben gegen unsere Gesetze verstoßen. Deshalb werden wir sie bei Vollmond der dreiköpfigen Schlange opfern! Howgh, ich habe gesprochen!"

„Howgh!", ruft die Menge der Dorfbewohner.

Primo versucht, seinen Ärger herunterzuschlucken. „Höre mich an, Medizinfrau!", ruft er. „Wir sind von weit her gekommen, mit einer Mondflugmaschine. Wir kennen eure Gesetze nicht. Wenn wir sie verletzt haben, dann geschah das unabsichtlich. Alles, was wir wollen, ist friedlich in unsere Heimat zurückkehren!"

„Das Bleichgesicht spricht mit gespaltener Zunge!", erwidert die Medizinfrau. „Wir wissen, dass ihr aus dem Dorf der Kuhhirten im Süden kommt. Ihr seid voller Gier nach Gold und Diamanten, so wie die anderen, die vor euch gekommen sind, um uns unser Land wegzunehmen. Und deshalb sollt ihr sterben, so wie die anderen vor euch gestorben sind: Ihr werdet bei Vollmond geopfert, um die dreiköpfige Schlange zu besänftigen."

„Aber ...", beginnt Primo, doch Lausius unterbricht ihn. „Hör zu, Hexe. Wir sind nicht extra hierher auf den Mond geflogen, um uns irgendwelche albernen Geschichten von dreiköpfigen Schlangen anzuhören. Die kannst du dir ..."

„Der-dessen-Geist-im-Kreis-tanzt soll schweigen!", keift die Medizinfrau.

„Vielleicht darf ich auch mal was sagen", mischt sich Asimov ein. Das erzeugt erstaunte Ausrufe bei den versammelten Dorfbewohnern.

„Sprich, Blechmann-der-sprechen-kann!", fordert die Medizinfrau ihn auf.

„Können wir nicht einfach das Kriegsbeil begraben und das alles bei einer Tasse Erdbeertee ausdiskutieren?"

„Was für ein Kriegsbeil?", fragt die Medizinfrau.

„Ich habe nämlich einen Traum!", fährt Asimov fort. „Ich habe einen Traum, dass sich eines Tages die Bewohner dieses Dorfes erheben werden und die wahre Bedeutung ihrer Überzeugung ausleben werden: Alle Knollnasen sind gleich erschaffen. Ich habe einen Traum, dass eines Tages auf den roten Hügeln Federköpfe und Knallköpfe miteinander am Tisch der Brüderlichkeit sitzen können. Ich habe einen Traum, dass eines Tages selbst dieses Dorf, das in der Hitze der Ungerechtigkeit und in der Hitze der Unterdrückung verschmachtet, in eine Oase der Freiheit und Gerechtigkeit verwandelt wird. Ich habe einen Traum, dass ich eines Tages in einer Welt leben werde, in der man nicht nach dem Material, aus dem man gebaut wurde, sondern nach dem Charakter beurteilt wird. Ich habe heute einen Traum! Und deshalb bitte ich euch: Stellt euch vor, es ist Krieg, und keiner geht hin, und lasst diese Gefangenen frei, die nichts dafür können, dass sie so sind, wie sie nun mal sind!"

Die Federköpfe sehen Asimov mit großen Augen an. Einige wischen sich verstohlen eine Träne aus dem Augenwinkel.

„Howgh!", rufen mehrere Dorfbewohner. „Blechmann-der-sprechen-kann hat weise Worte gesprochen!"

„Schweigt!", erklingt scharf die Stimme der Medizinfrau. „Was weise ist und was nicht, bestimme immer noch ich! In Blechmann-der-sprechen-kann wohnt ein böser Geist. Mit seinen wohlklingenden Worten will er bloß seine wahren finsteren Absichten verschleiern. Wenn wir diese drei freilassen, wen sollen wir dann opfern, um den Zorn der dreiköpfigen Schlange zu besänftigen?"

„Howgh!", ruft einer der Dorfbewohner. „Die-mit-den-Geistern-spricht hat recht! Wenn wir niemanden der dreiköpfigen Schlange opfern, wird sie in unser Dorf kommen und uns alle verschlingen!"

„Nun geht wieder an eure Arbeit!", ruft die Medizinfrau. „In der übernächsten Nacht ist Vollmond, dann sollen die Gefangenen geopfert werden, so lautet mein Befehl! Howgh, ich habe gesprochen!"

„Howgh!", rufen die Dorfbewohner im Chor. Dann zerstreuen sie sich und gehen ihrer Arbeit als Bauern, Fischer und Schafhirten nach. Die Medizinfrau verschwindet in der Kirche.

„Erstaunlich, wie sehr die Kultur der Mondbewohner der unseren ähnelt", sagt Lausius, als sie allein sind. „Sie sprechen sogar dieselbe Sprache! Ich frage mich, ob nicht vielleicht schon vor langer Zeit, in einer längst untergegangenen Kultur, eine Technik entwickelt wurde, mit der man ..."

„Das sind keine Mondbewohner", erklärt Primo. „Wir sind nämlich gar nicht auf dem Mond gelandet."

Lausius sieht ihn verblüfft an. „Nicht? Aber ich hab doch ..." Er runzelt die Stirn. Dann hellt sich seine Miene auf. „Natürlich! Das ist es! Ich habe die Schubkraft nur für eine Person und einen Golem berechnet. Aber dadurch, dass ihr beide und der Wolf mit in der Kapsel wart, war die Gesamtmasse zu hoch. Moment, ich rechne mal kurz nach ... $g=-(G*M/r^2)*e_r$, das bedeutet ... Oh, du hast recht, Primo! Nach meinen Berechnungen hat die Schubkraft der TNT-Blöcke nicht ausgereicht, um die Erdanziehungskraft zu verlassen. Wir müssen irgendwo abgestürzt sein."

„Was du nicht sagst."

„Ich hätte mehr TNT nehmen sollen", stellt Lausius fest.

„Ich hab Hunger", meldet sich Nano zu Wort. „Ich will nach Hause zu Mama!"

Primo weiß nicht, was er darauf antworten soll.

„Binde uns los!", sagt er zu Asimov, als alle Federköpfe außer Sicht sind.

„Das geht nicht", erwidert Asimov.

„Warum denn jetzt schon wieder nicht?"

Der Golem hält seine Eisenarme hoch. „Siehst du hier irgendwo Finger?"

Primo seufzt. „Dann reiß die Fackelmasten aus!"

„Das geht nicht."

„Und wieso geht das nicht?"

„Wenn ich die Fackelmasten ausreiße, werden nachts die Monster nicht mehr vom Dorf ferngehalten, und Dorfbewohner könnten zu Schaden kommen. Außerdem könnte ich einen von euch beim Ausreißen verletzen. Besser, ich halte mich an die Regeln, die ihr mir gegeben habt, und verhalte mich ruhig."

„Bei Notch! Du elender nichtsnutziger Blechhaufen!", schimpft Primo. „Willst du tatenlos zusehen, wie wir irgendeinem bösen Geist geopfert werden?"

„Es gibt keine Geister", stellt Asimov fest.

„Erzähl das den Federköpfen!"

„Das werde ich bei Gelegenheit."

„Und wenn sie uns trotzdem opfern?"

„Sollte der Fall eintreten, dass euch Schaden droht, und ich einen Weg sehen, diesen Schaden abzuwenden, ohne anderen Knollnasen Schaden zuzufügen, werde ich tun, was ich kann."

„Na toll!", sagt Primo.

„Ich hätte einen anderen Golem mitnehmen sollen", meint Lausius. „Einen, der tut, was man sagt, statt selber zu denken."

„Glaubt mir, ich wäre auch lieber zuhause geblieben", erwidert Asimov.

„Ich mag nicht mehr an diesen Mast angebunden sein!", jammert Nano. „Ich will zu Mama!"

„Mach dir keine Sorgen, mein Sohn, alles wird gut", sagt Primo und zerrt frustriert an seinen Fesseln, doch es gelingt ihm nicht, sie zu lockern.

„Na logisch!", kommentiert Asimov.

13. Die Kinder der Federköpfe

Der Tag vergeht langsam. Unbarmherzig brennt die Sonne auf die drei Gefangenen herab. Primos Versuche, sich zu befreien, bleiben fruchtlos. Wie konnte er nur so dumm sein, sich von den Federköpfen gefangen nehmen zu lassen!

Endlich geht die Sonne unter. Der fahle Mond, der sich im Osten erhebt, ist fast voll.

„Tatsächlich!“, stellt Lausius fest. „Du hattest recht, wir sind immer noch auf der Erde.“

„Ich hab Hunger!“, jammert Nano.

Primo überlegt verzweifelt, was er sagen soll, um seinen Sohn etwas zu beruhigen, als er ein Geräusch hinter sich hört. Er versucht, sich umzudrehen, doch die Fesseln erlauben das nicht.

„Mach keinen Laut, Der-mit-dem-Blechmann-spricht“, sagt eine Stimme.

Er spürt, wie sich jemand an seinen Fesseln zu schaffen macht.

„Wer bist du?“, fragt er.

„Ich bin Die-immer-Unsinn-macht“, erwidert die Stimme. „Ich und mein Bruder, Der-keinen-Nachtisch-kriegt, sind gekommen, um euch zu befreien.“

Primos Fesseln fallen von ihm ab. Er dreht sich um und erblickt zu seiner Überraschung einen Jungen und ein Mädchen, beide ungefähr so alt wie Nano. Paul, der Wolf, ist bei ihnen und lässt sich von dem Jungen im Nackenfell kraulen.

„Danke!“, sagt Primo. „Aber warum helft ihr uns?“

„Weil Die-mit-den-Geistern-spricht eine gemeine Hexe ist!“, erwidert das Mädchen.

„Und weil wir nicht wollen, dass noch mehr Leute von der dreiköpfigen Schlange gefressen werden“, ergänzt der Junge.

„Ihr müsst fliehen!“, drängt das Mädchen. „Lauft weg, so weit ihr könnt, ehe die Erwachsenen es merken!“

Rasch lösen sie die Fesseln von Nano und Lausius.

„Nun lauft! Schnell!“, drängt das Mädchen.

„Was ist mit euch?“, fragt Primo. „Werdet ihr nicht Ärger bekommen, wenn eure Medizinfrau feststellt, dass wir befreit wurden?“

„Wir bekommen sowieso immer Ärger“, meint der Junge. „Da kommt es auf einmal mehr oder weniger auch nicht an. Außerdem werden die Erwachsenen erstmal genug damit zu tun haben, den Angriff der dreiköpfigen Schlange abzuwehren.“

„Diese dreiköpfige Schlange, gibt es die wirklich?“, fragt Primo.

„Natürlich gibt es sie“, erwidert das Mädchen. „Sie haust in einer Höhle nicht weit vom Dorf entfernt. Ein schreckliches Monster, das die Köpfe der

Menschen, die es verschlungen hat, ausspuckt. Wenn man davon getroffen wird, stirbt man."

„Mein Papa ist der stärkste Papa der Welt", behauptet Nano. „Er kann dieses Monster kaputthauen!"

„Kann er gar nicht!", widerspricht der Federkopfjunge. „Wenn mein Papa das nicht kann, kann deiner es erst recht nicht! Außerdem sagt Papa, dass alle Bleichgesichter Feiglinge sind."

„Sag das noch mal!", fordert Nano.

„Was jetzt? Dass dein Papa das Monster nicht kaputthauen kann, oder das mit den Feiglingen?"

„Das mit den Feiglingen."

„Alle Bleichgesichter sind Feiglinge!"

„Stimmt ja gar nicht! Und außerdem kann mein Papa das Monster wohl kaputthauen! Er hat sogar den bösen Entenmann besiegt!"

„Du bist ja ein blöder Angeber!"

„Bin ich gar nicht!"

„Bist du doch!"

„Ha! Ich werde es dir beweisen! Mein Papa wird diese blöde dreiköpfige Schlange verhauen, und dann werden wir ja sehen, wer recht hat!"

„Wenn er das versucht, wird er gefressen, und du auch! Ätsch!"

„Werden wir nicht! Du wirst schon sehen!"

„Äh, ich glaube, wir müssen dann jetzt“, sagt Primo, der befürchtet, dass der laute Streit der beiden Jungen das halbe Dorf aufwecken wird.

„Ja, hört nicht auf meinen Bruder!“, sagt das Mädchen. „Lauft schnell weg! Hier, nehmt das mit.“ Sie reicht Primo sein Schwert und ein Paket mit etwas Brot, Eiern und gebratenem Rindfleisch.

„Danke!“, sagt Primo gerührt. „Das werden wir euch nicht vergessen! Komm, Nano!“

Im Schutz der Dunkelheit huschen sie aus dem Dorf. Von einem bewaldeten Hügel am Rand der Bucht, an der das Dorf liegt, winken sie ihren beiden Rettern noch einmal zu, bevor die beiden in ihren Häusern verschwinden. Der Wolf winselt, als sei er über den Abschied traurig.

„Die Route nach Hause wird berechnet“, sagt Asimov. „Bitte folgen!“

Er stapft los Richtung Süden. Primo folgt ihm ein paar Schritte, doch dann bleibt er stehen. Lausius, Nano und Paul stehen immer noch da und blicken zurück zum Dorf der Federköpfe.

„Was ist denn los?“, fragt Primo. „Kommt endlich! Wir müssen weit weg sein, bevor die erwachsenen Federköpfe unser Verschwinden bemerken!“

„Aber wir müssen doch das Monster verhauen!“, sagt Nano. „Oder soll der blöde Angeber aus dem Dorf etwa recht behalten?“

„Da es keine einköpfigen Schlangen gibt, kann es eigentlich auch keine dreiköpfigen geben", meint Lausius. „Andererseits haben Legenden oft einen wahren Kern, und im Interesse der Wissenschaft könnte man die Sache vielleicht mal überprüfen."

„Wuff!", macht Paul.

Primo zögert. Seine Vernunft sagt ihm, dass es das Beste ist, sich so schnell wie möglich aus dem Staub zu machen und nicht schon wieder neuen Ärger zu riskieren. Doch in seinem Herzen spürt er, dass er die beiden Federkopf-Kinder, die sie so tapfer befreit haben, nicht im Stich lassen darf. Außerdem ist er ein offizieller Dorfbeschützer, und auch wenn dies nicht sein eigenes Dorf ist und die Medizinfrau der Federköpfe nicht sehr nett zu ihnen war, hat er das Gefühl, dass es seine Pflicht ist, den Dorfbewohnern zu helfen.

„Na gut, wir können ja mal nachsehen", sagt er.

Asimov stößt einen metallischen Seufzer aus. „Warum können die nicht wenigstens einmal vernünftig sein? Nur ein einziges Mal?"

„Asimov, wo ist diese Höhle?", fragt Primo.

„Woher soll ich das wissen?"

„Ich geh mal fragen", sagt Nano. Ehe Primo ihn daran hindern kann, läuft er zurück ins Dorf der Federköpfe. Kurz darauf kommt er mit den beiden Kindern zurück.

„Ihr wollt wirklich die dreiköpfige Schlange besiegen?“, fragt Die-immer-Unsinn-macht.

„Quatsch, die wollen doch bloß angeben“, widerspricht ihr Bruder. „Wenn sie die dreiköpfige Schlange sehen, rennen die Bleichgesichter schreiend weg.“

„Gar nicht!“, widerspricht Nano. „Also, zeigt ihr uns jetzt, wo dieses blöde Monster ist?“

„Na klar, du Angeber!“, sagt Der-keinen-Nachtisch-kriegt.

Sie folgen den beiden Kindern über eine Wiese am Rand der Küste bis zum Eingang einer großen Höhle. Pauls Nackenfell sträubt sich, und er knurrt den finsteren Eingang an.

„Da drin ist die dreiköpfige Schlange!“, sagt der Federkopf-Junge.

„Na, das werden wir ja sehen“, erwidert Nano und macht Anstalten, in die Höhle zu klettern.

„Du bleibst hier!“, sagt Primo. „Das erledigen der Golem und ich. Komm, Asimov!“

„War ja klar!“

In diesem Moment erklingt wildes Geheul aus der Richtung des Dorfs. Mit donnernden Hufen jagt ein Trupp Federköpfe heran und umzingelt die kleine Gruppe.

„Ihr wagt es, unsere Kinder zu entführen, Bleichgesichter!“, schreit einer der Reiter und richtet seinen Bogen auf Primo. „Dafür werdet ihr alle sterben!“

„Nein, Papa!“, ruft Die-immer-Unsinn-macht. „Sie haben uns nicht entführt! Sie wollen die dreiköpfige Schlange töten!“

„Ihr wollt was?“, fragt der Federkopf.

„Nun, äh, na ja, eigentlich wollten wir bloß mal gucken ...“, sagt Primo.

„Im Interesse der Wissenschaft“, ergänzt Lausius.

„Mein Papa wird die dreiköpfige Schlange verhauen, das werdet ihr schon sehen!“, ruft Nano.

Die Federköpfe scheinen verwirrt zu sein. Sie diskutieren miteinander:

„Glaubst du, dass das stimmt?“

„Quatsch! Alle Bleichgesichter sind Feiglinge! Und außerdem sprechen sie alle mit gespaltener Zunge. Bestimmt haben sie die Kinder entführt.“

„Willst du etwa behaupten, dass mein Sohn Der-keinen-Nachtisch-kriegt lügt?“

„Nein, aber ...“

„Also, ich finde, wir sollten sie hier und jetzt töten! Das macht man schließlich so mit Bleichgesichtern, das weiß doch jeder.“

„Aber dann können wir sie nicht mehr der dreiköpfigen Schlange opfern! Wir sollten sie fesseln und zurück ins Dorf bringen.“

„Lassen wir sie doch jetzt gleich in die Höhle gehen, dann kann die dreiköpfige Schlange sie auffressen, und fertig."

„Aber es ist noch nicht Vollmond! Man darf der dreiköpfigen Schlange nur bei Vollmond Opfer bringen, das hat Die-mit-den-Geistern-spricht gesagt."

„Der-immer-vom-Pferd-fällt hat recht. Wir müssen die Medizinfrau fragen. Sie soll ein Palaver mit den Geistern abhalten, dann können wir entscheiden."

„Sag ich doch, wir bringen sie zurück ins Dorf."

„Quatsch, wir holen sie her."

„Sie sind doch schon hier."

„Ich meine natürlich die Medizinfrau, Fackel-die-nicht-brennt!"

„Ach so. Na gut, ich gehe sie holen." Einer der Federköpfe reitet los in Richtung Dorf.

Primo allerdings hat keine Lust, darauf zu warten, was die fiese Hexe entscheidet. Besser, er stellt sich dem Monster jetzt gleich, solange er noch eine Waffe hat und der Golem ihm helfen kann. „Komm, Asimov!", sagt er und klettert die Felsen hinab in Richtung des Höhleneingangs.

„Ade, du schöne Welt!", seufzt der Golem und folgt ihm zusammen mit Paul.

14. Die dreiköpfige Schlange

„He, wartet auf mich!“, ruft Lausius.

„Du bleibst besser oben“, erwidert Primo. „Das hier könnte gefährlich werden.“

„Aber ich muss der Legende von der dreiköpfigen Schlange auf den Grund gehen. Im Interesse der Wissenschaft!“

„Deine Wissenschaft hat uns erst in diese Lage gebracht! Ohne deine Mondflugmaschine wären wir niemals hier gelandet.“

„Ja, eben! Wir sind bereits zum Mond geflogen, jedenfalls beinahe. Stell dir bloß vor, was die Wissenschaft noch alles hervorbringen könnte! Ich hätte da eine Menge Ideen: Kleine Kästchen, mit denen man über lange Entfernungen sprechen kann, ein unsichtbares Netz, das alles und jeden miteinander verbindet, Maschinen, die alles besser wissen ...“

Primo seufzt. Es hat keinen Sinn, mit dem Alten über seine verrückten Ideen zu diskutieren. Als er weitergeht, erklingt aus der Tiefe der Höhle ein schauriges Geräusch, wie ein unheimliches, zischendes Seufzen. Primo schaudert, während Paul knurrt.

„Das klingt aber nicht gut“, meint Lausius.

„Sollen wir lieber umkehren?“, fragt Primo.

„Nein. Im Dienst der Wissenschaft müssen manchmal Opfer gebracht werden. Geh weiter!“

„Und wer ist mal wieder das Opfer? Ich natürlich!“, grummelt Asimov.

Primo leuchtet den Höhlengang mit der Fackel aus. Zum Glück ist er hoch und breit genug für den Golem. Wieder hallt das schauderhafte Zischen durch den Höhlengang. Paul bellt laut.

Primo ignoriert einen abzweigenden Gang und folgt weiter dem Hauptgang, aus dem das Zischen kam. Er endet in einer großen, runden Höhle.

Der Anblick des Wesens, das darin über dem Boden schwebt, lässt Primo das Blut in den Adern gefrieren. Es hat einen länglichen Körper, der dem eines der dunklen Skelette ähnelt, die Primo aus der Netherfestung kennt. Jedoch hat es keine Arme und Beine, dafür aber drei Köpfe, die sich nun Primo zuwenden.

„Au weia!“, kommentiert Asimov. „Das Vieh ist aber hässlich!“

„Tatsächlich, eine dreiköpfige Schlange!“, meint Lausius. „Wer hätte das gedacht! Dies ist ein großer Moment für die Wissen...“

Weiter kommt er nicht, denn in diesem Augenblick fliegt ein blau leuchtender Schädel auf ihn zu. Erschrocken springt er zur Seite. Der Schädel trifft den Steinboden der Höhle, wo der Alte eben noch stand, und explodiert. Lausius wird durch die Luft geschleudert und bleibt ein paar Schritte entfernt reglos liegen.

Ohne zu zögern stürzt sich Primo mit gezogenem Schwert auf das Monster. Die drei Köpfe drehen sich in seine Richtung und grinsen ihn an, dann lassen sie eine Salve von Schädeln auf ihn los. Doch Primo duckt sich und kann den Geschossen knapp ausweichen, die hinter ihm auf die Wand treffen und explodieren.

Inzwischen haben sich Asimov und Paul von hinten an das Monster gepirscht. Der Golem drischt mit beiden Metallarmen darauf ein, was einen schauderhaften Wutschrei zur Folge hat, doch das Ungeheuer scheint kaum Schaden davonzutragen. Es richtet zwei seiner Köpfe auf den Golem und den Wolf und beschießt diese mit Schädeln, während der dritte Primo unter Feuer nimmt.

Die Höhle dröhnt von Explosionen, als die drei verbissen gegen das Monster kämpfen. Ein paar Mal gelingt es Primo, einen Treffer zu landen, doch die dreiköpfige Schlange scheint eine enorme Lebenskraft zu haben.

Paul wird von einem Schädel getroffen, jault auf und sucht mit eingeklemmtem Schwanz das Weite. Asimov versucht, mit seinen Armen die Schädel abzuwehren und gleichzeitig selbst Schläge auszuteilen, doch das gelingt ihm nicht immer. Er wird mehrfach getroffen. Dann bleibt er plötzlich reglos stehen. Die roten Augen blinken mehrmals, bevor sie erlöschen.

Die Köpfe des Ungeheuers wenden sich Primo zu. Alle drei schießen gleichzeitig Totenschädel auf ihn ab. Zweien davon kann er knapp ausweichen, doch der dritte trifft ihn an der Brust. Obwohl die Diamantrüstung einen Teil der Wucht abfängt, wird Primo zu Boden geschleudert. Schwarze Flecken tanzen vor seinen Augen, und ihm wird übel. Seine Arme und Beine werden bleischwer, und eine tiefe Müdigkeit befällt ihn. Es ist, als sauge etwas alle Energie aus seinem Körper. Er will sich aufrappeln, um weiter gegen das Ungeheuer zu kämpfen, doch er hat einfach nicht die Kraft dazu.

Primo blickt in die grinsenden Gesichter der drei Totenköpfe und macht sich darauf gefasst, dass ihm das Monster mit einer weiteren Attacke den Garaus macht. Da erklingt plötzlich wildes Geheul und Gebell aus dem Höhlengang, und im nächsten Augenblick zischen mehrere Pfeile heran.

Die dreiköpfige Schlange wendet sich von Primo ab und den neuen Feinden zu, die jetzt in der Höhle auftauchen: die Federköpfe! Rasch umzingeln sie das Monster und schießen von allen Seiten Pfeile darauf ab, während sie geschickt den Schädelgeschossen ausweichen. Paul schnappt währenddessen nach dem Unterteil des Ungeheuers.

Primo versucht, aufzustehen und ihnen zu helfen, doch ihm ist schwindelig und er fühlt sich immer noch schwer. Da kullert der goldene Apfel, den er in der Lore gefunden hat, aus seiner Robe.

Primo erinnert sich, dass so ein Apfel Kolle geheilt hat. Vielleicht hilft er ja auch gegen die Schwäche, die ihn befallen hat? Er beißt in den Apfel und fühlt sich kurz darauf tatsächlich besser, so dass er sich aufrappeln und sich erneut in den Kampf stürzen kann.

Das ist auch bitter nötig, denn das Monster ist auf einmal von einem hellen Schein umgeben, an dem die Pfeile der Federköpfe wirkungslos abprallen. Doch als sie sehen, dass Primos Schwerthiebe ihm weiterhin Schaden zufügen, stecken sie ihre Bögen weg und attackieren es mit Äxten.

Die dreiköpfige Schlange wehrt sich verbissen, doch gegen die vereinte Kraft der Federköpfe, die von allen Seiten auf sie eindringen und dabei von Paul und Primo unterstützt werden, hat sie keine Chance. Schließlich stößt sie einen schrecklichen, langgezogenen Schrei aus und zerplatzt. Wo sie eben noch schwebte, fällt ein seltsames sternförmiges Objekt zu Boden, das Primo einsteckt.

Die Federköpfe stoßen ein jubelndes Geheul aus, während Primo zu Lausius läuft und ihn an der Schulter rüttelt.

„Lausius! Lausius, wach auf!"

Der Alte stöhnt und schlägt die Augen auf. „Was? Sind wir schon auf dem Mond?"

„Nein. Aber wir haben die dreiköpfige Schlange besiegt!"

Lausius setzt sich auf. „Was? Wieso denn? Müsst ihr denn immer gleich alles kaputtmachen? Wie soll ich sie denn jetzt erforschen?"

Primo seufzt. „Wir finden bestimmt noch eine andere", sagt er und denkt dabei: hoffentlich nicht.

„Was ist hier geschehen?", erklingt die scharfe Stimme der Medizinfrau aus dem Höhlengang. „Wo ist die dreiköpfige Schlange?"

„Äh, nun ja, die ist sozusagen weg", erklärt einer der Federköpfe.

„Wie, weg?"

„Wir haben sie in einem großen Kampf besiegt!", sagt ein anderer.

„Das Bleichgesicht da hat angefangen", meint ein dritter Federkopf und zeigt auf Primo. „Wir waren draußen und haben gehört, wie er gegen das Ungeheuer kämpft, und da haben wir gedacht, es kann ja nicht sein, dass so ein Bleichgesicht mutiger ist als wir. Also sind wir hergekommen und haben ihm geholfen."

„Seid ihr denn von allen guten Geistern verlassen?", schreit die Hexe. „Wem sollen wir denn jetzt unsere Gefangenen opfern?"

„Also, ich finde ja, diese Sache mit den Menschenopfern, die wird echt überbewertet."

„Topf-ohne-Deckel hat recht", sagt ein anderer. „Wir müssen doch nicht immer gleich alle umbringen, die unser Dorf besuchen. Wir könnten ihnen stattdessen vielleicht die Fische verkaufen, die ich gefangen habe."

„Quatsch, wer will denn schon deine Fische? Ich bin sicher, die, die unser Dorf besuchen, würden viel lieber meine gebratenen Hühnchen kaufen!"

„Hört auf mit diesem Unsinn!", schreit die Medizinfrau. „Bleichgesichter werden gefangen und geopfert! Das war schon immer so. Wenn wir sie nicht opfern können, dann töten wir sie eben sofort. Los, massakriert das Bleichgesicht!"

Als hätte er jedes Wort verstanden, stellt sich Paul vor Primo und knurrt die Hexe an.

Die Federköpfe drucksen herum.

„Können wir das nicht später erledigen?"

„Vielleicht töten wir ihn einfach beim nächsten Mal, wenn er wieder ins Dorf kommt ..."

„Ihr Feiglinge!", schreit die Hexe. „Muss man denn alles selber machen?"

Sie holt eine Glasflasche aus ihrem Umhang und wirft sie Primo an den Kopf.

„Nein! Das darfst du nicht tun!“, schreit Nano, der zusammen mit den beiden Federkopf-Kindern ebenfalls in die Höhle gekommen ist.

Doch es ist zu spät: Eine stinkende, grünliche Flüssigkeit ergießt sich über Primo. Übelkeit erregende Dämpfe steigen davon auf. Doch ansonsten scheint das Gebräu harmlos zu sein. Jedenfalls fühlt er sich nicht schwächer davon. Vielleicht liegt das an dem goldenen Apfel, den er vorhin gegessen hat?

Die Hexe starrt ihn an. „Was? Wie? Wieso? Wie kannst du meinem Gifttrank widerstehen?“

„Lass uns gehen, Hexe!“, sagt Primo. „Wir wollen nur in Frieden in unsere Heimat zurückkehren.“

Doch die Medizinfrau holt bereits einen weiteren Gifttrank hervor. „Niemals! Alle Bleichgesichter müssen sterben!“

„Das lasse ich nicht zu!“, ruft das Mädchen und packt den Arm der Hexe. „Der-mit-dem-Blechmann-spricht hat unser Dorf vor der dreiköpfigen Schlange gerettet! Bleichgesicht oder nicht, er ist mutiger und tapferer als du!“

„Du wagst es, mich anzugreifen!“, schreit die Medizinfrau. „Dafür wirst du ebenfalls sterben!“ Sie stößt das Mädchen zur Seite und hebt den Glaskolben mit dem Gift, um ihn ihr an den Kopf zu werfen.

„Lass meine Schwester in Ruhe!“, ruft Der-keinen-Nachtisch-kriegt. Er schlägt der Hexe den Kolben aus der Hand. Dieser zerplatzt an dem großen Hexenhut und ergießt sich über ihr Gesicht und ihre Robe.

„Arrgh!“, macht die Medizinfrau. „Hilfe! Ich sterbe! Rettet mich! Gebt mir Milch zu trinken, schnell!“

Doch die Federköpfe machen keine Anstalten, ihr zu Hilfe zu eilen. Sie stehen nur da und starren sie mit reglosen Gesichtern an.

„Die-mit-den-Geistern-spricht wollte meine Tochter töten!“, sagt der Vater des Mädchens. „Sie ist nicht mehr meine Medizinfrau.“

„Der-den-Apfel-trifft hat recht“, stimmt ein anderer Federkopf zu. „Sowas geht echt gar nicht!“

„Mir hat ihre Medizin sowieso noch nie geholfen“, bestätigt ein dritter Federkopf. „Und obendrein schmeckt sie scheußlich.“

„Was, die Medizinfrau?“

„Nein, Fackel-die-nicht-brennt. Ihre Medizin.“

„Ach so.“

„Verschwinde von hier und lass dich nie wieder in unserem Dorf blicken!“, sagt Der-den-Apfel-trifft zu der Hexe.

Das Gesicht der Medizinfrau ist ganz grün, ob vor Wut oder wegen des Giftes, lässt sich nicht sagen. „Das ... das werdet ihr noch bereuen!“, schreit sie. „Die Rache der Geister wird über euch kommen, wenn ich nicht mehr da bin! Ich verfluche euch! Ich verfluche euch alle und euer dämliches Dorf! Ich finde euch alle zum ... zum ..."

Ihr wird übel, und sie muss sich übergeben. Ohne ein weiteres Wort verlässt sie die Höhle.

15. Das Dorf der Kuhhirten

Nachdem die Hexe verschwunden ist, kehren Primo, Nano, Lausius und Paul zusammen mit den Federköpfen in deren Dorf zurück. Den bewegungslosen Asimov haben sie quer auf den Rücken zweier Pferde gelegt, die nebeneinander geführt werden.

Die Dorfbewohner entzünden auf einer Wiese neben dem Dorf einen Holzstapel. Dann beginnt ein großes Freudenfest, bei dem die Federköpfe um das Feuer tanzen, ihre Äxte und Bögen durch die Luft schwingen und ein schauriges Geheul ausstoßen. Primo weiß nicht genau, ob sie sich mehr über den Sieg über die dreiköpfige Schlange freuen oder darüber, dass die böse Medizinfrau nicht mehr da ist.

Schließlich endet der Tanz, und Der-den-Apfel-trifft kommt auf Primo zu.

„Bleichgesicht, du hast unser Dorf heute von einem Fluch befreit, der uns seit vielen Jahren heimgesucht hat. Dafür danken wir dir von Herzen. Dieser Tag wird in unsere Legenden eingehen, und du wirst immer ein Teil davon sein. Du hast bewiesen, dass du ein mindestens ebenso tapferer Krieger bist wie jeder von uns. Deshalb nehmen wir dich und deine Freunde hiermit in den Stamm der Krähenfüße auf. Wann immer ihr unsere Hilfe oder Gastfreundschaft braucht, seid ihr uns willkommen wie unsere Brüder. Wir verneigen uns vor dir, Der-die-dreiköpfige-Schlange-besiegt. Howgh, ich habe gesprochen!"

„Howgh!", antworten die anderen Federköpfe. Dann verbeugen sie sich alle gleichzeitig.

„Ich danke euch für diese große Ehre!", erwidert Primo. „Ich werde immer mit Stolz ein Hasenfuß sein!"

Die Federköpfe sehen ihn irritiert an. Nano stupst seinen Vater in die Seite. „Krähenfuß, Papa!", flüstert er.

„Äh, Krähenfuß meinte ich natürlich", korrigiert sich Primo. „Hau, ich habe auch gesprochen!"

„Howgh!", rufen die Federköpfe.

„Nun ist es an der Zeit, in unsere Heimat aufzubrechen", sagt Primo und deutet auf die Sonne, die über dem Meer aufgeht.

„Wir werden euch zum Dorf der Kuhhirten begleiten", entscheidet der Vater der beiden Kinder.

„Das ist sehr nett von euch, aber das ist nicht unser Heimatdorf", erwidert Primo.

„Woher kommt ihr denn dann?"

„Aus einem Dorf am Rand einer tiefen Schlucht. Ich glaube, es ist irgendwo südlich von hier."

„Wir sind durch den Himmel hierher geflogen", ergänzt Lausius. „Deswegen kennen wir den Weg über Land nicht."

Die Federköpfe sehen sich an. Einer tippt sich an die Stirn.

Primo sieht Asimov an, der reglos auf der Wiese steht wie eine Statue. „Unser Golem kennt den Weg, aber er scheint nicht mehr zu funktionieren."

„Ich könnte versuchen, ihn zu reparieren", sagt Lausius. „Aber dazu bräuchte ich Werkzeug, und das ist zuhause im Dorf."

„Das Dorf der Kuhhirten liegt ebenfalls im Süden", sagt Der-den-Apfel-trifft. „Vielleicht kennen sie dort den Weg zu eurem Dorf. Außerdem gibt es da einen Schmied, der euch möglicherweise helfen kann, den Golem zu reparieren."

„Aber Papa, die Bleichgesichter im Dorf der Kuhhirten sind doch alle böse!", ruft Der-keinen-Nachtisch-kriegt. „Was, wenn sie unseren Freunden etwas antun?"

„Sie sind Bleichgesichter, so wie die Kuhhirten. Ihnen wird nichts geschehen."

„Ich will aber kein Bleichgesicht sein!", ruft Nano. „Ich will ein Krähenfuß sein, so wie mein Freund Der-keinen-Nachtisch-kriegt!"

„Bleichgesicht oder Krähenfuß, wir sind alle Dorfbewohner", sagt Primo. „Wir werden schon mit diesen Kuhhirten zurechtkommen."

Also packen sie rasch etwas Proviant zusammen und brechen auf. Sie folgen der Meeresküste Richtung Süden, durchqueren einen Wald und erreichen einen breiten Fluss. Diesen mit Asimov zu überqueren ist nicht einfach, doch die Federköpfe erweisen sich als geschickte Handwerker. Rasch fällen sie zwei Bäume und bauen daraus zwei Boote, die sie miteinander vertäuen. Sie legen den Golem darauf und ziehen die Boote mit Seilen auf die andere Seite. Dort setzen sie den Weg durch bewaldetes Gebiet fort.

Gegen Abend erreichen sie eine hohe Felswand, die einen schattigen Überhang formt. Ein dünner Lavafall stürzt daneben herab. Zwei Nachtwandler haben sich vor der für sie tödlichen Sonne in den Schatten geflüchtet, doch die Federköpfe vertreiben sie mit ein paar Bogenschüssen.

„Das Dorf der Kuhhirten ist nicht mehr weit“, sagt Der-den-Apfel-trifft, der von den anderen offenbar zum neuen Anführer gewählt wurde. „Doch heute wollen wir an diesem heiligen Ort übernachten. Wir nennen ihn ‚Das Tor der Ahnen‘. Unseren Legenden zufolge treten hier die Toten in die ewigen Jagdgründe ein, indem sie durch den Stein gehen. Doch manchmal schickt der große Geist diejenigen, die sich im Leben als schwach und feige erwiesen haben, wieder zurück und verdammt sie dazu, in der Nacht herumzuirren. Es heißt, wenn man diese verirrten Geister im Kampf besiegt, erlöst man sie von ihrem

Schicksal, und sie können ein zweites Mal durch das Tor treten, diesmal für immer."

Primo gefällt die Legende. Die Vorstellung, dass man einem Nachtwandler oder Knochenmann etwas Gutes tut, indem man ihn tötet, ist irgendwie beruhigend. Doch dann fällt ihm ein, dass sein bester Freund beinahe selbst ein Nachtwandler geworden wäre, und ihm wird klar, dass die Legende der Federköpfe eben nur eine alte Geschichte ist.

Während die Federköpfe ein Feuer entzünden und etwas Rindfleisch braten, starrt Lausius den Mond an, der voll am Himmel steht.

„Ach, schade!", seufzt der alte Mann.

„Freust du dich denn gar nicht darauf, wieder nach Hause zu kommen?", fragt Primo.

„Doch, schon. Aber diese Lauferei den ganzen Tag, die nervt. Man müsste einen Apparat erfinden, in den man einfach einsteigt und der einen dann transportiert, wohin man will."

„Du meinst, wie eine Lore?"

„So ähnlich, nur ohne Schienen." Lausius runzelt die Stirn, dann holt er ein Blatt Papier hervor und kritzelt darauf herum.

Primo wirft einen Blick zu Nano, der mit den beiden Federkopf-Kindern am Feuer sitzt und sich angeregt mit ihnen unterhält. Zwischendurch lachen sie alle drei. Die anfängliche Abneigung zwischen den beiden Jungen scheint sich in echte Freundschaft verwandelt zu haben. Ein kleiner Stich geht durch Primos Herz. Wie groß Nano schon geworden ist! Bald wird er sich für einen Beruf entscheiden müssen. Dabei ist es doch noch gar nicht lange her, dass Primo selbst einen Beruf ergriffen und Golina geheiratet hat. Die Zeit vergeht einfach zu schnell!

Die Nacht verläuft ruhig, als würden tatsächlich die Geister der Ahnen ihre schützende Hand über die Federköpfe und ihre neuen Freunde halten. Früh am nächsten Morgen brechen sie auf. Sie folgen dem nördlichen Ufer eines Flusses, der sich zu Füßen der Felswand erstreckt, Richtung Osten. Es dauert nicht lange, da erreichen sie eine Wiese mit einer tiefen Schlucht. Doch es ist nicht die vertraute Schlucht aus Primos Heimatdorf, und auch die Häuser, die in der Nähe stehen, sind anders angeordnet.

Ein Dorfbewohner auf einem Pferd, der eine Herde Kühe bewacht, entdeckt sie als Erster.

„Alarm!", brüllt er. „Rothäute! Die Rothäute greifen an!"

„Rothäute? Was für Rothäute?", fragt Primo verwirrt.

„Ich glaube, der meint uns", sagt der Anführer der Federköpfe.

„Aber eure Haut ist doch gar nicht rot! Und selbst, wenn sie es wäre, was würde das für einen Unterschied machen?“

„Manche Menschen haben Angst vor allem, was anders ist. Diese Angst führt manchmal zu Vorurteilen und Konflikten. Ihr habt es ja selbst erlebt - wir haben euch wie Feinde behandelt, obwohl ihr nur friedliche Reisende wart, die uns nichts Böses wollten. Am besten, ihr geht ab jetzt allein weiter. Wir wollen keinen Ärger mit den Kuhhirten riskieren. Die beiden Pferde, die euren Golem transportieren, schenken wir euch, ebenso wie die übrigen Vorräte. Ich wünsche dir eine gute Reise, mein Bruder.“

Sie umarmen sich herzlich.

„Dürfen Die-immer-Unsinn-macht und Der-keinen-Nachtisch-kriegt mit uns kommen?“, bettelt Nano. „Bitte, bitte, Papa?“

„Ich fürchte, das geht leider nicht.“

„Dann bleibe ich bei ihnen und werde auch ein Krähenfuß!“

„Freust du dich denn gar nicht darauf, Mama wiederzusehen?“

„Doch, schon. Aber ich will nicht weg von meinen Freunden!“

„Vielleicht besuchen wir sie ja mal.“

„Au ja!“, ruft Nano. „Lausius baut eine neue Mondflugmaschine, und krach bumm fliegen wir zu ihnen!“

Sie verabschieden sich von ihren neuen Freunden. Dann ziehen sich die Federköpfe in den Wald zurück. Inzwischen hat sich eine Gruppe von Dorfbewohnern auf der Wiese versammelt. Sie alle tragen seltsame Kopfbedeckungen, die aussehen wie Lederhelme, jedoch ringsherum breite Krempen haben.

Einer der Dorfbewohner mit der Schürze eines Schmieds tritt vor. „Howdy, Fremde!“, ruft er aus sicherer Entfernung. „Was wollt ihr hier?“

„Hau dich auch!“, erwidert Primo den Gruß. „Wir sind auf dem Weg zu unserem Heimatdorf. Es liegt an einer Schlucht, so ähnlich wie eures. Es muss irgendwo im Süden sein. Ihr kennt nicht zufällig den Weg dorthin?“

„Verschwindet!“, ruft der Schmied. „Mit Rothäuten wollen wir hier nichts zu tun haben!“

„Wir sind Krähenfüße, aber meine Haut ist genauso rosa wie deine!“, widerspricht Primo. „Und selbst, wenn sie es nicht wäre, welche Rolle spielt es, welche Farbe die Haut hat? Mein bester Freund ist manchmal eine Grünhaut. Außerdem wollen wir gar nicht bleiben, wir suchen bloß den Weg zurück zu unserem Heimatdorf.“

„Ja, wir sind nämlich mit einer Mondflugmaschine durch den Himmel hierher geflogen“, ergänzt Lausius. „Und unser sprechender Golem ist beim Kampf mit einer dreiköpfigen Schlange von einem explodierenden Schädel getroffen und beschädigt worden, deshalb kann er uns den Weg zurück nicht zeigen."

Die Dorfbewohner sehen sich an, dann fangen sie an zu diskutieren:

„Die sind ja völlig plemplem!"

„Nein, das sind Krähenfüße, haben sie doch selbst gesagt."

„Sie sind zusammen mit den Rothäuten hergekommen. Wir können ihnen nicht trauen."

„Am besten, wir werfen sie einfach in die Schlucht, bevor sie Ärger machen."

„Aber vielleicht wollen sie meine Fische kaufen."

„Fische? Wer will schon deine Fische? Wenn überhaupt, dann kaufen die meine gebratenen Hühnchen!"

„He, Fremde! Ich habe hier leckeren frischen Fisch. Ich verkaufe euch einen, für nur drei Smaragde!"

„Hört nicht auf Aldi", ruft ein anderer. „Meine gebratenen Hühnchen schmecken viel besser, und außerdem sind sie billiger. Jedes kostet nur zwei Goldstücke!"

„Rede keinen Unsinn, Lidl! Übrigens, liebe Krähenfüße, meine Fische sind heute im Angebot. Nur ein Smaragd pro Stück!"

„Ha! Meine Hühnchen sind auch im Angebot! Zwei Stück für einen Smaragd!"

„Pah, das ist doch gar nichts! Ich gebe euch fünf Fische für einen Smaragd!"

„Zehn! Zehn Hühnchen für einen Smaragd!"

„Tut mir leid, aber wir haben gar keine Smaragde", ruft Primo.

Die beiden Streithähne verstummen.

„Habt ihr dann wenigstens Gold dabei? Oder vielleicht Diamanten?", ruft einer der beiden.

„Nein, tut mir leid."

„Was wollt ihr dann hier? Seid ihr etwa gekommen, um uns auszurauben?"

„Meine Fische kriegt ihr nicht! Verschwindet von hier!"

„Ja, verschwindet, wenn ihr nicht bezahlen könnt, oder ihr werdet dafür bezahlen!"

„Schon gut", sagt Primo. „Wir gehen ja schon. Kommt, Nano und Lausius."

Sie wenden sich um, doch plötzlich knurrt Paul, und sein Nackenfell sträubt sich. Im nächsten Moment galoppiert eine Gruppe von Reitern heran. Zuerst glaubt Primo, dass es sich um die Federköpfe handelt, die zurückgekommen sind, um ihnen beizustehen. Doch dann sieht er, dass die Reiter genauso merkwürdige Lederhelme tragen wie die Kuhhirten.

Die Dorfbewohner erbleichen beim Anblick der Reiter.

„Oh nein!", ruft einer. „Das ... das ist der kleine Billy mit seiner Bande! Rette sich, wer kann!"

Hastig verschwinden die Dorfbewohner in ihren Häusern, während die Reiter auf Primo, Nano, Lausius und Paul zu galoppieren.

16. Der kleine Billy

Sechs Reiter umzingeln die Reisenden aus dem Schluchtdorf mit gespannten Bögen.

„Sieh mal an, wen haben wir denn da!“, ruft einer von ihnen. Primo stellt überrascht fest, dass er nicht größer ist als Nano.

„Ich bin Primo“, sagt er. „Das da sind Lausius, mein Sohn Nano und unser Wolf Paul. Wir sind auf dem Weg zu unserem Heimatdorf im Süden. Könnt ihr uns vielleicht sagen, wie wir dorthin kommen?“

„Sieh an, ihr wollt zum südlichen Dorf“, sagt der Junge. „Klar wissen wir, wo das liegt. Wir begleiten euch sogar dorthin. Immerhin ist es ein langer, gefährlicher Weg. Es heißt, es gibt dort sogar Banditen, die ahnungslose Reisende überfallen und ausplündern!“

Die anderen Reiter lachen.

„Aber so eine Reiseschutzversicherung kostet natürlich ein bisschen was“, fährt der Junge fort. „Ihr habt doch sicher etwas Gold dabei?“

„Nein“, erwidert Primo.

„Smaragde? Diamanten?“

„Leider nicht.“

„Na gut. Dann nehme ich deine Diamantrüstung, Primel.“

Primo gefällt der unverschämte Tonfall des frechen Bengels gar nicht. „Ich heiße Primo!"

„Entschuldige, Fimo!", sagt der Junge auf dem Pferd. „Und jetzt her mit der Knete! Äh, her mit der Rüstung, meine ich natürlich. Die Pferde nehmen wir auch mit. Diesen Blechhaufen da brauchen wir nicht. Ihr könnt ihn in die Schlucht werfen."

„Du bist ziemlich frech für dein Alter!", sagt Primo. „Ein Kind sollte sich gegenüber Erwachsenen respektvoll benehmen."

Die Reiter werden blass. Eisiges Schweigen breitet sich aus.

„Was hast du gesagt?", fragt der Junge.

„Ich sagte, du seist frech für dein Alter, und ein Kind solle sich gegenüber Erwachsenen respektvoll benehmen."

Der Junge sieht die anderen Reiter an. „Habt ihr das auch gehört?", fragt er mit ruhiger Stimme. „Hat der mich gerade ‚Kind' genannt?"

Die Reiter nicken.

„Vielleicht ... vielleicht hat er es nicht so gemeint", sagt einer.

„Er kann ja nicht wissen, dass du ... dass du ...", stottert ein anderer.

„Dass ich was?", fragt der Junge scharf.

„Na ja, Billy, er denkt vielleicht, weil du nicht so groß ... ich meine, nicht, dass du klein wärst, aber ..."

„Ich bin nicht klein!“, brüllt der Anführer der Reiter mit rotem Kopf. „UND ICH BIN KEIN KIND!“

„Nein“, stimmt Nano ihm zu. „Du bist ein blöder Doofmann!“

„Knallt sie ab!“, brüllt Billy. „Spickt sie mit Pfeilen, und dann hängt sie da hinten an dem Baum auf! Jeder soll sehen, was mit denen passiert, die mich, Billy, König der Banditen, ein Kind nennen!“

Die Reiter spannen ihre Bögen und lassen eine Salve von Pfeilen auf sie los. Zwei davon bleiben in Primos Rüstung stecken. Einer verfehlt Nano, der sich rechtzeitig zu Boden wirft, nur knapp. Lausius jedoch kann nicht schnell genug ausweichen und wird an der Schulter getroffen.

Paul springt das Pferd an, auf dem der fiese Billy sitzt, während Primo sein Schwert zieht und sich ebenfalls auf den Anführer der Banditen stürzt. Doch bevor er ihn unschädlich machen kann, ertönt eine scharfe Stimme: „Lass die Waffe fallen, oder wir töten deinen Sohn und den alten Mann!“

Primo fährt herum und sieht zu seinem Entsetzen, dass zwei der Banditen von ihren Pferden gesprungen sind und Nano und Lausius ihre Schwerter an die Kehlen halten. Er lässt die Waffe sinken.

„Dafür werdet ihr langsam und qualvoll sterben!“, sagt Billy. „Fesselt sie und bindet sie an den Baum dort. Dann machen wir ein paar Bogenschießübungen. Zuerst auf den Jungen. Ich will, dass sein Vater zusieht, wie er stirbt!“

Primo will sich erneut mit dem Schwert auf den Anführer stürzen, doch zwei der anderen Banditen packen ihn von hinten und reißen ihm die Waffe aus der Hand.

Billy lacht gehässig. „Na, bereust du es jetzt, dass du mich ‚Kind‘ genannt hast?“

„Ja“, gibt Primo zu. „Denn damit habe ich alle Kinder beleidigt. Du bist bloß ein gemeiner Kerl, der seine Wut darüber, dass er zu klein geraten ist, an anderen auslässt.“

„ICH BIN NICHT KLEIN!“, tobt Billy. „Jetzt bindet sie endlich an den Baum, sonst ...“

Weiter kommt er nicht, denn in diesem Moment zischt ein Pfeil durch die Luft und bleibt in seinem Lederhelm stecken.

„Rothäute!“, brüllt einer der Banditen. „Rothäute greifen an!“

Aus dem Wald galoppieren die Krähenfüße heran und nehmen die Banditen unter Beschuss, die Primo, Nano und Lausius loslassen und wieder auf ihre Pferde springen.

Primo hat sein Schwert nicht mehr, doch er springt Billy an und zerrt ihn vom Pferd. Der Anführer brüllt, dass die anderen Banditen ihm helfen sollen, doch die sind damit beschäftigt, den Pfeilen der Krähenfüße auszuweichen und zurückzuschießen.

Primo verpasst dem Banditenanführer eine kräftige Ohrfeige. Doch dieser hat plötzlich ein Schwert in der Hand.

„Das wirst du mir büßen!“, zischt er. „Ich werde dich …“

Weiter kommt er nicht, denn der Schmied aus dem Dorf der Kuhhirten schlägt ihn mit seinem Schmiedehammer bewusstlos. Auch die anderen Dorfbewohner sind inzwischen wieder aus ihren Häusern gekommen und haben sich mit Äxten, Spitzhacken, Harken und einer Angel bewaffnet ins Kampfgetümmel gestürzt.

Als die übrigen Banditen sehen, dass sie in der Unterzahl sind und ihr Anführer überwältigt wurde, werfen sie ihre Waffen weg und ergeben sich. Nun sind sie es, die mit Stricken aus Spinnenseide gefesselt und von den Dorfbewohnern in ein Haus mit vergitterten Fenstern gesperrt werden.

„Im Namen aller Dorfbewohner danke ich euch, Krähenfüße!“, sagt der Schmied. „Ihr habt einen gefährlichen Banditen unschädlich gemacht, der schon seit Langem die Gegend unsicher macht.“ Er hält ein Blatt Papier hoch, auf das ein Kopf mit einem Lederhelm mit Krempe gemalt ist. *Gesucht: Der kleine Billy*, steht darunter. *Belohnung: Fünf Goldbarren.*

„Ihr habt euch das Kopfgeld, das auf diesen Gauner und seine Bande ausgesetzt war, redlich verdient", sagt der Schmied und überreicht Primo fünf Goldbarren.

„Dann habt ihr ja jetzt Geld und könnt meinen leckeren Fisch kaufen!", sagt einer der Dorfbewohner. „Sagen wir, fünf Goldbarren pro Stück?"

„Ein leckeres Hühnchen gibt's aber schon ab vier Goldbarren", meldet sich ein anderer zu Wort.

„Diese Belohnung haben nicht wir verdient, sondern unsere Freunde vom Stamm der Krähenfüße", sagt Primo und überreicht das Gold dem neuen Anführer der Federköpfe. „Vielleicht seht ihr jetzt ein, dass es besser ist, in Frieden zusammenzuleben und sich gemeinsam gegen Gefahren zu verteidigen, statt ständig Streit und Misstrauen zu schüren!"

„Das Bleichgesicht spricht weise Worte!", ruft einer der Federköpfe.

„Howgh!", machen die anderen.

„Mein Papa ist kein Bleichgesicht!", ruft Nano. „Er ist ein Krähenfuß, genau wie ich!"

„Du hast recht, Fremder", sagt der Dorfschmied. „Es war dumm von uns, so misstrauisch gegenüber den Rot... ich meine, den Krähenfüßen zu sein. Von nun an sind sie in unserem Dorf jederzeit herzlich willkommen!"

Das löst ein großes Jubeln unter den Dorfbewohnern und Federköpfen aus.

„Sagt mal, ihr Rot... ich meine, Krähenfüße, mögt ihr eigentlich Fisch?“, erklingt eine Stimme.

„Halt endlich die Klappe, Aldi!“, ruft der Dorfschmied. „Diese ständige Werbung geht mir auf die Nerven!“

„Genau!“, stimmt ihm Lidl zu. „Fischwerbung sollte verboten werden! Stattdessen sollte man meinen leckeren Hühnchen viel mehr Aufmerksamkeit ...“

Primo ignoriert den Streit einfach und bedankt sich noch einmal bei Der-den-Apfel-trifft für die Rettung in letzter Sekunde.

„Wieso seid ihr eigentlich noch einmal zurückgekehrt?“, fragt er.

„Wir waren schon wieder auf dem Weg zu unserem Dorf, da hat Die-immer-Unsinn-macht in der Ferne Reiter gesehen, die von einem Jungen angeführt wurden. Wir hatten schon von diesen Banditen gehört, und da sie in eure Richtung ritten, haben wir gedacht, ihr braucht vielleicht Hilfe.“

„Billy, der Anführer, ist kein Kind“, erklärt Primo. „Er ist bloß ein bisschen klein geraten.“

Stimmen erklingen aus dem Haus mit den vergitterten Fenstern:

„ICH BIN NICHT KLEIN! Wehe euch, wenn ich hier rauskomme, DANN WERDE ICH ...“

„Hör auf, hier so rumzubrüllen, sonst verpass ich dir eine!"

„Wie sprichst du denn mit mir? Ich bin immer noch euer Anführer!"

„Jetzt nicht mehr, zu Giftzwerg!"

„Verrat! Meuterei! Ich werde euch ... He, lasst mich los! Aua!"

Nachdem die Federköpfe fortgeritten sind, wird der verletzte Lausius in das Dorfgasthaus gebracht, wo ihn eine Frau behandelt. Sie gießt etwas Flüssigkeit aus einem Glaskolben auf die Wunde.

„Aua!", schreit Lausius auf. „Das tut weh! Heiltränke muss man trinken, statt sie über die Verletzung zu gießen!"

„Das ist kein Heiltrank", erklärt die Frau. „Es ist ein ekelhaftes Gebräu, das in der Kehle brennt wie Feuer, weshalb man es auch Feuerwasser nennt. Wiski, der Besitzer dieses Gasthauses, hat es erfunden."

„Gib mal her!", sagt Lausius und nimmt der Frau den Glaskolben aus der Hand. Er setzt ihn an den Mund und trinkt ihn in einem Zug aus. Dann hustet und keucht er.

„Du hast recht, das brennt wirklich in der Kehle", sagt er. „Aber es schmeckt gut. Und es ist doch ein Heiltrank, denn ich spüre den Schmerz gar nicht mehr. Im Gegenteil ... ich fühle mich gut, hihi ... so leicht ... leicht wie ein Golem im Weltraum ... oh, mir wird schwindelig ..."

Damit kippt er von der Bank, auf der er gesessen hat, und fällt auf den Boden, wo er laut schnarchend liegen bleibt.

„Ist das ein Schlaftrunk?", fragt Primo.

„Nein, eigentlich nicht. Aber wenn man zu viel davon trinkt, wird man zuerst dumm, dann wird einem schlecht, schließlich wird man sehr müde und am nächsten Morgen hat man starke Kopfschmerzen."

Primo muss an Ruunas Zaubertränke denken. „Das kenne ich. Danke für deine Hilfe, Heilerin!"

„Gern geschehen. Aber ich bin eigentlich keine Heilerin, sondern Tischlerin. Ich heiße Ikea."

An eine Fortsetzung ihrer Reise ist nicht zu denken, solange Lausius tief und fest schläft. Also beschließt Primo, die Nacht im Dorf der Kuhhirten zu verbringen. Wiski, der Wirt, hat noch einen Nebenraum frei, in dem mehrere Betten stehen.

„Eigentlich kostet es einen Goldbarren pro Nacht", erklärt er. „Aber ihr könnt dort kostenlos schlafen, als Dank dafür, dass ihr den kleinen Billy verhaftet habt. Der hat hier schon dreimal eine Wirtshausschlägerei angefangen und dabei die Möbel zertrümmert, die Ikea für mich angefertigt hat."

„Ich bin nicht klein!", hört man eine Stimme aus der Ferne rufen.

Primo bedankt sich bei dem Wirt. Gemeinsam legen sie Lausius auf eines der Betten. Von der weiten Reise und dem Kampf mit den Banditen erschöpft, gehen auch Primo und Nano früh ins Bett. Paul, der Wolf, streckt sich vor Nanos Bett auf dem Boden aus und bewacht ihren Schlaf.

17. Die Nachtblume

Am nächsten Morgen wird Primo von einem Stöhnen geweckt.

„Oh, mein Kopf!“, jammert Lausius. „Oh, mein armer Kopf! Wieso ist der plötzlich doppelt so groß?“

Primo schlägt die Augen auf. Der Kopf des Alten sieht so aus wie immer.

„Du hast gestern ein bisschen zu viel von dem Feuerwasser getrunken, glaube ich.“

„Ooooh. Nie wieder trinke ich dieses Zeug! Das ist ja noch schlimmer als Ruunas Zaubertränke! Mein Schädel fühlt sich an, als würde er gleich explodieren.“

„Meinst du, du kannst laufen?“

„Weiß nicht.“

Lausius steht vorsichtig auf und macht ein paar wackelige Schritte, wobei er sich beide Hände an den Kopf hält.

„Mir ist schlecht“, stöhnt er. „Ich glaube, ich muss mich wieder hinlegen.“ Damit fällt er auf das Bett und schläft sofort wieder tief und fest ein.

Nachdem Primo und Nano im Gasthaus gefrühstückt haben, gehen sie zum Dorfschmied.

„Howdy“, begrüßt sie dieser. „Schön, euch zu sehen. Benötigt ihr vielleicht eine Axt oder eine Hacke für die Feldarbeit?“

„Nein danke“, sagt Primo. „Aber unser Golem ist kaputt. Kannst du uns helfen, ihn zu reparieren?“

Der Schmied kratzt sich am Kopf. „Hm. Ich hab mal gehört, dass Schläge auf den Kopf einen Golem wieder in Gang bringen können. Wenn du willst, versuche ich es mal.“

„Ja, das wäre gut.“

Sie gehen zu dem Golem, der reglos neben dem Wirtshaus steht. Der Schmied holt mit seinem Hammer aus und lässt ihn gegen Asimovs Kopf krachen, so dass es laut scheppert. Doch die Augen des Golems bleiben dunkel, und er rührt sich nicht.

Die Tür des Wirtshauses geht auf, und Lausius wankt heraus. „Müsst ihr so einen Krach machen? Ich hab Kopfschmerzen!“

„Dagegen weiß ich was“, sagt der Schmied und schlägt mit dem Hammer gegen das Bein des Alten.

„Aua!“, schreit Lausius. „Spinnst du? Das tut weh!“ Er hüpft auf der Stelle herum und hält sich das Bein.

„Spürst du deine Kopfschmerzen noch?“, fragt der Schmied.

„Nein, mein Bein tut jetzt viel mehr weh.“

„Na also.“

„Wir haben versucht, Asimov zu reparieren“, erklärt Primo. „Wir haben ihm auf den Kopf gehauen, aber es hat nicht funktioniert.“

„Hm“, macht der Alte. „Der Schlag war wohl nicht stark genug. Habt ihr zufällig ein paar Blöcke TNT hier?“

„TNT? Klar“, erwidert der Schmied. „Ich hab noch ein paar aus der Zeit, als wir in der Mine im roten Land nach Gold gesucht haben.“

Er verschwindet in seiner Schmiede und kehrt kurz darauf mit einem Stapel roter Blöcke zurück, bei deren Anblick Primo ein ungutes Gefühl beschleicht. Andererseits hat es das letzte Mal, als Asimov kaputt war, auch funktioniert.

„Am besten, wir sprengen ihn da hinten auf der Wiese in die Luft“, sagt der Schmied. „Hier, mitten im Dorf, könnte er auf jemanden drauffallen, wenn er wieder runterkommt.“

Also wuchten sie Asimov auf den Rücken der beiden Pferde, die sie von den Federköpfen geschenkt bekommen haben, und verfrachten ihn auf die Wiese. Lausius richtet einige TNT-Blöcke zu einer kleinen Pyramide auf, dann hieven sie den schweren Golem darauf, so dass er auf dem Sockel aus TNT steht wie eine Statue.

„Eigentlich ganz hübsch“, meint der Schmied. „Wenn er jetzt vielleicht noch eine Fackel hochhalten würde ... Wie wär’s, wir könnten ihn doch einfach hier stehen lassen, als Erinnerung an die Befreiung unseres Dorfs von dem kleinen Billy und seinen Banditen. Eine Statue für die Freiheit sozusagen."

„Tut mir leid, aber wir brauchen ihn, damit er uns den Weg nach Hause zeigt", erklärt Primo.

„Schade. Ich bin sicher, das hätte viele Besucher aus anderen Dörfern angelockt."

Lausius holt ein Feuerzeug hervor und entzündet damit einen der TNT-Blöcke, der sofort zu zischen beginnt.

Die Augen des Golems leuchten plötzlich rot. „Schon gut, ich gebe auf", sagt er und klettert von der TNT-Pyramide herunter.

Primo starrt ihn verblüfft an. „Was? Aber ... aber ich dachte, du wärst kaputt!"

„Ich hatte gehofft, wenn ihr glaubt, dass ich nicht mehr funktioniere, dann lasst ihr mich einfach irgendwo zurück, und ich hab endlich meine Ruhe. Dann könnte ich ..."

Ein gewaltiger Knall unterbricht ihn, als die TNT-Pyramide explodiert. Primo und der Schmied werden von der Wucht zu Boden geworfen. Nano, der zum Glück etwas weiter entfernt war, schreit vor Schreck auf. Lausius jedoch, der unmittelbar neben den TNT-Blöcken stand, wird durch die Luft geschleudert und landet ein Dutzend Schritte entfernt auf dem Kopf.

„Aua!", ruft er, rappelt sich auf und hält sich den Schädel. „Aua, mein Kopf!"

Er macht ein paar Schritte auf Primo zu, stutzt, blickt an sich herab und stellt fest: „Aber dafür tut jetzt mein Bein nicht mehr so weh."

„Du warst also die ganze Zeit über bei Bewusstsein?", fragt Primo.

„Ja, leider", antwortet der Golem. „Mir wäre es lieber, ich hätte euer Gequatsche nicht mitbekommen. Ich bin wieder zu mir gekommen, nachdem ihr mich auf die beiden Gäule verfrachtet habt. Da dachte ich, eigentlich recht gemütlich, diese Art des Reisens."

Die beiden Pferde schnauben empört.

„Du hättest uns ruhig gegen die Banditen helfen können!"

„Ich hab's dir doch schon erklärt: Eine Knollnase sieht für mich aus wie die andere. Eure dämlichen Gesetze verbieten es mir, mich in eure Auseinandersetzungen einzumischen."

„Aber neulich, da hast du Birta ..."

„Da habe ich bloß getan, was der Priester mir gesagt hat."

„Aber ..." Primo seufzt. Er hat das Gefühl, dass Asimovs Argumentation einige Ungereimtheiten aufweist, aber er hat keine Lust, darüber zu diskutieren. „Kannst du uns jetzt bitte nach Hause führen?"

„Moment, die Route wird berechnet ... Bitte folgen!" Der Golem marschiert los in Richtung Fluss.

Primo verabschiedet sich von Wiski und Ikea und verspricht Aldi und Lidl, auf dem Heimweg darüber nachzudenken, ob er bei seinem nächsten Besuch mehrere Dutzend Hühnchen oder eine ganze Kiste voller Fisch für nur einen Goldbarren kaufen möchte.

„Kommt uns bald mal wieder besuchen", sagt der Schmied zum Abschied.

„Sobald meine Überlandfahrmaschine fertig ist", verspricht Lausius.

Nano und Primo steigen auf eines der beiden Pferde, das erleichtert zu sein scheint, keinen Eisengolem mehr herumschleppen zu müssen. Lausius nimmt das andere. Sie reiten Asimov nach, der den Fluss auf einer schmalen Holzbrücke Richtung Westen überquert und sich dann mit raschen Schritten nach Süden wendet, während Paul hechelnd hinter ihnen her läuft.

Auf dem Rücken der Pferde kommen sie gut voran. Sie durchqueren bewaldete Hügel und reiten über eine Ebene, auf der sich Schafe tummeln, bis sie schließlich die Meeresküste erreichen. Dieser folgen sie in südöstlicher Richtung. Bald gelangen sie an ein steiles Gebirge, an dessen Fuß sich ein weitläufiger Sumpf erstreckt. Sie folgen dem Rand des Sumpfgebiets bis zu bewaldeten Hügeln, die einen kleinen See umschließen. Hier übernachten sie in einer natürlichen Höhle, die sich in einem sandigen Berghang gebildet hat. In einer Ecke befindet sich ein tiefes Loch, aus dem dumpf das Stöhnen von Nachtwandlern und das Klappern von Knochen heraufdringen. Paul schnüffelt daran und knurrt, doch Primo verschließt das Loch kurzerhand mit etwas Erde, so dass sie die Nacht in Ruhe verbringen können, beschützt von dem aufmerksamen Wolf und dem mürrischen, aber kräftigen Golem.

Am nächsten Morgen brechen sie früh auf und setzen ihren Weg nach Süden fort, an der Meeresküste entlang über bewaldete Hügel, vorbei an einem steilen, schneebedeckten Bergmassiv und einem kleinen Sumpf, über Ebenen und durch tiefe Wälder. Gelegentlich sprenkeln kleine Seen und Lavatümpel die Landschaft. Die Pferde der Federköpfe tragen sie sicher über jeden Untergrund, und auch Paul zeigt keine Ermüdungserscheinungen. Nur Nano wird langsam ungeduldig.

„Sind wir bald da?“, fragt er immer wieder.

„Nein“, lautet jedes Mal Asimovs mürrische Antwort.

Gegen Abend erreichen sie eine grasbedeckte Ebene, an deren Südseite sich Sandberge auftürmen. In der Nähe eines kleinen Teiches entdeckt Primo eine Höhle, die sich als Unterschlupf für die Nacht zu eignen scheint. Als er sie mit der Fackel in der Hand erforscht, entdeckt er zu seiner Verwunderung eine

Blume, die hier in der Finsternis wächst. Sie hat eine blassrosa Blüte und duftet wunderbar. Der Anblick erfüllt Primo mit überwältigendem Heimweh und Sehnsucht nach Golina.

„Die ist aber hübsch“, sagt Nano.

„Du solltest doch draußen warten, während ich die Höhle erkunde.“

„Ich will aber auch Höhlen erforschen. Außerdem ist Paul bei mir und passt auf mich auf.“

Der Wolf schnüffelt an der Blume und wedelt mit dem Schwanz.

„Darf ich die für Mami pflücken?“, fragt Nano.

„Die ist bestimmt verwelkt, bis wir bei Mami sind. Und das wäre doch schade, oder?“

„Wie weit ist es denn noch bis nach Hause?“

„Ich weiß es leider nicht.“ Dass er sich nicht einmal sicher ist, ob sie jemals nach Hause zurückkehren werden, erwähnt Primo lieber nicht.

Gemeinsam erkunden sie die Höhle. Sie ist nicht sehr tief und hat noch einen zweiten Ausgang. Nachdem sie sie mit Fackeln ausgeleuchtet haben, beschließen sie, Asimov am einen Ende Wache halten zu lassen, während Paul das andere Ende bewacht. Primo, Nano und Lausius machen es sich auf der weichen Erde neben dem Block mit der Blume bequem.

In dieser Nacht träumt Primo von glücklichen Tagen, als er selbst noch ein Kind war und mit Kolle dauernd Unsinn anstellte. Das Dorf und die Wiesen darum herum erschienen ihnen damals riesig. Als er aufwacht, fühlt er sich erfrischt und ausgeruht, aber auch erfüllt von starkem Heimweh.

„Mir ist heiß, Papa!“, stöhnt Nano, als sie die Wüste südlich der Wiese durchqueren.

Primo wischt sich den Schweiß von der Stirn. „Es ist bestimmt nicht mehr weit“, versucht er seinem Sohn Mut zu machen.

Auch die Pferde leiden offensichtlich unter der Hitze. So kommen sie nur langsam voran. Erst, als sie am späten Vormittag eine breite Sanddüne überqueren, sieht Primo zu seiner Erleichterung, dass sie das Ende der Wüste erreicht haben. Vor ihnen liegt eine grasbewachsene Ebene.

„Sieh mal da hinten, Papa!“, ruft Nano. „Ein Dorf!“

Primo kneift die Augen zusammen, kann jedoch nichts erkennen. Vielleicht hat die Hitze Nanos Sinne getäuscht, oder es ist die Sehnsucht nach seinem Zuhause, die ihm Trugbilder vorgaukelt. Doch als sie über die Ebene reiten, erheben sich auf einmal tatsächlich gelbliche Dachgiebel in der Ferne. Sie kommen Primo seltsam vertraut vor. Kann es etwa sein, dass ...

Plötzlich bellt Paul aufgeregt und stürmt auf eine Bewohnerin des fremden Dorfs zu. Primo kann ihr Gesicht in der Entfernung nicht erkennen. Als er sieht, wie der Wolf die Dorfbewohnerin anspringt, erschrickt er. Was, wenn Paul ihr etwas antut? Ein spitzer Schrei erklingt und scheint seine schlimmsten Befürchtungen zu bestätigen.

Doch dann ruft Nano: „Mama! Das ist Mama!"

Sie galoppieren los. Als sie den Rand des Dorfs erreichen, springt Nano vom Pferd direkt in die Arme seiner Mutter, die ihn vor Freude an sich drückt.

„Golina!", ruft Primo. „Was ... wieso bist du hier?"

„Willst du mich nicht erst mal richtig begrüßen?"

Primo steigt vom Pferd, nimmt sie in den Arm und küsst sie lange. „So besser?"

„Viel besser", erwidert Golina.

Erst jetzt wird sich Primo der anderen Dorfbewohner bewusst, die sich um sie versammelt haben: Priester Wumpus, Karo und all die anderen Wüstendorfbewohner, die sie so freundlich aufgenommen haben, als Primos Heimatdorf zerstört war. Außerdem sind Golinas Eltern sowie Kolle und Margi hier. Zwischen den beiden steht ein kleines Mädchen, das ihn neugierig ansieht.

Primo umarmt sie alle nacheinander. Zum Schluss beugt er sich zu dem kleinen Mädchen. „Und wer bist du, meine Kleine?"

„Ich heiße Maffi", sagt das Mädchen. „Aber ich bin gar nicht klein!"

„Und wer sind deine Eltern?"

„Papa und Mama“, erwidert Maffi und zeigt auf Kolle und Margi.

Primo blickt seinen besten Freund staunend an. „Äh, herzlichen Glückwunsch“, sagt er verdattert. „Scheint so, als wäre einiges passiert, während wir fort waren.“

„Wenn du mich schon nicht auf dein Abenteuer mitnimmst, musst du nicht glauben, dass ich in der Zwischenzeit nur untätig zuhause rumsitze“, sagt Kolle und grinst breit.

„Das war so nicht geplant“, erwidert Primo. „Glaub mir, ich hätte dich gern dabei gehabt. Deine Nachtwandlerkraft hätten wir beim Kampf gegen die dreiköpfige Schlange gut gebrauchen können.“

Das ruft neugierige Fragen der anderen Dorfbewohner hervor, und so erzählt Primo noch einmal von Anfang an, wie sie beinahe auf den Mond geflogen wären. Das dauert bis zum Sonnenuntergang.

„Wieso seid ihr eigentlich hier?“, fragt er Golina, als er geendet hat.

„Nachdem Lausius' Höhle explodiert ist, dachte ich, ihr seid tot“, erzählt sie, und ihre Augen werden feucht, als sie sich daran erinnert. „Doch dann meinte Kolle, ihr seid vielleicht auf den Mond geflogen. Das sähe dir ähnlich, dachte ich, aber ich hab mir solche Sorgen gemacht, dass ich zu Ruuna gegangen bin und sie gebeten habe, mir einen von ihren Traumtränken zu brauen. Dank des Tranks habe ich gesehen, wie ihr in einer seltsamen Landschaft aus rotem Sand und steilen, gestreiften Felstürmen herumgewandert seid. Dann wart ihr auf einmal an Pfähle mit Fackeln gefesselt - ein schrecklicher Anblick. Schließlich habe ich euch in einer Höhle liegen sehen, in der in der Finsternis eine Blume wuchs. Da bin ich aufgewacht, und mein Kopf tat weh."

„Dagegen kenne ich ein gutes Mittel", unterbricht Lausius. „Einfach mit dem Hammer gegen das Bein schlagen, dann hören die Kopfschmerzen sofort auf."

Golina sieht ihn mit hochgezogener Augenbraue an, bevor sie fortfährt: „Als ich Margi von der Blume in der Dunkelheit erzählte, sagte sie, sie wüsste, wo so eine Blume wächst. Die Bewohner des Wüstendorfs nennen sie die Nachtblume, weil sie in ewiger Finsternis blüht. Margi schlug vor, dass wir hier im Wüstendorf auf eure Rückkehr warten. Bei der Gelegenheit konnte sie ihren alten Freunden gleich ihre Tochter zeigen. Also sind wir hergekommen. Ihr habt euch aber ganz schön Zeit gelassen!"

„Tut mir leid", sagt Primo und zeigt in den Himmel, an dem bereits ein fahler Halbmond aufgegangen ist. „Beinahe auf den Mond zu fliegen ist eine ganz schön weite Reise. Übrigens habe ich dir etwas mitgebracht."

Er holt den Stern hervor, den er in der Höhle gefunden hat, nachdem die dreiköpfige Schlange besiegt war, und der jetzt wunderschön in der Sonne glitzert.

„Ein Stern!“, ruft Golina aus. „Du hast mir einen Stern vom Himmel geholt!“ Doch dann runzelt sie die Stirn. „Bist du sicher, dass dieses Ding keinen Ärger macht, so wie das Ei, das du mir aus dem Nether mitgebracht hast?“

„Äh, nun, ich glaube nicht“, sagt Primo verunsichert. „Aber wenn du ihn nicht willst, dann ...“

Golina lächelt. „Nein. Wenn du schon extra in den Weltraum fliegst, um für mich einen Stern zu holen, dann behalte ich ihn auch. Vielleicht ist es ja ein Glücksstern! Dankeschön!“

Sie gibt ihm einen Kuss.

Am nächsten Tag machen sich die Freunde auf den Heimweg. Im Dorf an der Schlucht werden sie begeistert empfangen, und Primo muss alles noch einmal von vorn erzählen.

„Das mit dem Sonderangebot, das finde ich eine gute Idee“, meint Olum. „So kann ich viel mehr Fische verkaufen.“

„Quatsch“, widerspricht ihm Hakun. „Wer will schon deine Fische?“

Ruuna dagegen findet das Feuerwasser besonders interessant. „Wasser, das brennt ... damit könnte man sicher viele interessante Tränke brauen!“

„Oder man könnte es verwenden, um einen Apparat anzutreiben, der einen über Land trägt“, sinniert Lausius und kritzelt auf einem Blatt Papier herum.

Abends gibt es ein großes Fest zur Feier der ersten Beinahe-Mondlandung und der wohlbehaltenen Rückkehr der Mondfahrer. Magolus hält eine Rede, in der er betont, wie sehr er sich freue, dass alle heile aus dem Land zurückgekehrt seien, das hinter dem Mond liegt und in dem sie nicht einmal das Wort Notchs kennen.

Als das Fest zu Ende ist und die meisten Dorfbewohner schon in ihren Betten liegen, blickt Golina zum Nachthimmel empor. „Wo war er denn?“

„Wo war was?“, fragt Primo.

„Der Stern“, sagt sie. „Wo genau hing er?“

Primo überlegt, ob er ihr erzählen soll, dass er den Stern nicht für sie vom Himmel geholt, sondern in einer dunklen Höhle gefunden hat. Aber das klingt irgendwie nicht sehr romantisch, also zeigt er an eine Stelle am Himmel. „Da drüben, glaube ich.“

Golina hält den Stern hoch, der im Feuerschein funkelt. „Hoffentlich merkt keiner, dass dort jetzt einer fehlt.“

„Ach was“, erwidert Primo. „Schließlich kann doch keiner alle Sterne zählen, oder?“

„Jetzt, wo du da oben warst, wirst du doch nie wieder in die Luft fliegen, oder?“

„Ich hoffe nicht.“

„Ich finde, es reicht jetzt wirklich mit den Abenteuern, meinst du nicht auch? Schließlich warst du schon überall und hast schon alles erlebt, was man in der Welt erleben kann.“

„Schon möglich“, meint Primo. Aber insgeheim ist er sich da nicht so sicher. Er hat irgendwie das Gefühl, dass da draußen in der weiten Welt noch mehr Abenteuer auf ihn warten.

Kaum hat er das gedacht, sieht er in der Dunkelheit auf der Wiese neben der Schlucht, ganz in der Nähe der Kreisbahn, ein violettes Augenpaar aufglühen. Doch bevor er sich sicher sein kann, ob er sich nicht getäuscht hat, ist es schon wieder verschwunden.

ENDE

Hinweise zum Erkunden der Schauplätze dieses Buchs in Minecraft (PC-Version)

Wenn du beim Spielstart den Seed 100200300400500 eingibst, kannst du die Schauplätze in diesem Buch in der PC-Version von Minecraft besuchen. Die Koordinaten in der folgenden Tabelle helfen dir dabei.

Ort	**X**	**Y**	**Z**
Ort der „Mondlandung“	-1.888	64	-4.754
Eingang zur Mine	-1.828	67	-4.729
Schatzlore	-1.737	67	-4.657
Höhlenspinnen-Spawner	-1.785	66	-4.655
Brücke aus Felsen	-1.624	75	-4.681
Höhle am Ufer	-1.043	63	-4.620
Dorf der Federköpfe	-965	64	-4.855
Höhle der dreiköpfigen Schlange	-1.068	69	-4.870
Das Tor der Ahnen	-1.110	79	-3.842
Dorf der Kuhhirten	-882	65	-3.786
Höhle am See	-294	73	-2.656
Die Nachtblume	-18	67	-1.479
Das Wüstendorf	-143	71	-955

Hinweis: Die „Mondflugmaschine“ des alten Lausius wird nicht zum Nachbau empfohlen! Für Schäden durch unsachgemäßen Gebrauch von TNT übernimmt der Autor keine Haftung.

Aus manchen Träumen gibt es kein Erwachen ...

Irgendetwas stimmt nicht mit der Welt, in der sich Marko unvermittelt wiederfindet, ohne zu wissen, wer er ist und wie er hierher kam. Erst nach einem Moment erkennt er, was ihn stört: Alles um ihn herum besteht aus Würfeln. Verfolgt von Skeletten, Zombies und explodierenden Gurkenwesen muss Marko einen Ausweg aus der Würfelwelt finden. Denn er ahnt, dass nicht nur sein eigenes Leben bedroht ist ...

Die *Würfelwelt*-Trilogie um Marko, der in der Welt von Minecraft gefangen ist, begeisterte bereits viele tausend Fans weltweit. Bestellbar in jeder Buchhandlung oder bei Amazon. Empfohlen ab 12 Jahren.

16714074R00087

Printed in Poland
by Amazon Fulfillment
Poland Sp. z o.o., Wrocław